VICTORY NOVELS

時空改変戦艦「大和」

上 イージス艦出撃! 米艦隊撃破

吉田親司

電波社

この作品はフィクションであり、登場する国家、団体、人物などは、
現実の国家、団体、人物とは一切関係ありません。

時空改変戦艦「大和」【上】——イージス艦出撃！米艦隊撃破

もくじ

プロローグ　時空破壊

1　群島消滅

――昭和一八年一二月七日

中部太平洋に浮かぶ島嶼《とうしょ》の周囲は、観測者の視線を釘付けにする鮮やかなビリジアン・ブルーで染め抜かれていた。

　華麗かつ流麗な自然美の極致である。およそ、戦乱とは無縁に思える安寧《あんねい》の地だ。

　だが、人類という種は地球全土を戦場にせんと望む生命体である。彼らの野心は無尽蔵であり、一切の例外はない。

　この島々もまた、戦火に見舞われる瞬間が刻一刻と近づいていた。

　トラック諸島――直径約六五キロという世界屈指の環礁に浮かぶ島嶼である。

　合衆国に〝太平洋のジブラルタル〟という異名を奉《たてまつ》られた点からもわかるように、そこには帝国海軍の軍艦たちが犇《ひし》めいていた。

　時に昭和一八年一二月七日。

　真珠湾攻撃から二年が経過しようとしていた日の午前八時――この群島は、未曾有《みぞう》の怪奇現象、天変地異に見舞われたのである……。

*

　連合艦隊《GF》司令長官の古賀峰一《こがみねいち》大将は一五メートル内火艇《うちびてい》――通称〝長官艇〟と呼ばれる小型船に

乗り、夏島《なつしま》錨地に停泊中の艨艟《もうどう》へ向かっていた。
遠近感を違わせる巨艦が眼前へと迫ってくる。言わずと知れた〈大和《やまと》〉である。圧倒的なまでの存在感は、見る者に不沈艦の印象を与えずにはおられまい。

しかしながら、古賀の心は晴れなかった。旗艦に定めた〈武蔵《むさし》〉と同型艦であり、新鮮味に薄いというハンデはあったが、それにも増して彼の心を鈍らせていたのは、戦艦という愛すべき眷属《けんぞく》の終焉《しゅうえん》に立ち会っているという絶望感であった。

前任者たる故・山本五十六《やまもといそろく》元帥が、布哇《ハワイ》攻撃で実証したように、戦争の趨勢《すうせい》は大艦巨砲から航空機万能の時代へと移行しつつあったのだ。

砲術の大家の古賀も、それを認めるしかないと自覚できてはいた。

だからこそ一一月に強行した〝ろ号作戦〟においては、主力を航空機としたのだ。

虎の子の機動部隊――第一航空戦隊の空母〈翔鶴《しょうかく》〉〈瑞鶴《ずいかく》〉〈瑞鳳《ずいほう》〉の艦上機を、一機残らずラバウル基地へと転出し、ブーゲンビル島へ押し寄せる連合軍上陸船団の撃破を試みたわけだが、戦果は芳《かんば》しくなかった。

逆に、被害ばかりが目立った。各基地航空隊と合算し三〇〇機以上を投入したものの、実に半数以上を失ってしまったのだ。連合艦隊が企図した機動防御は、失敗に終わった。

もとより合衆国とは、物量面で大きな差がある。古賀も、それを自覚していた。GF長官に就任した際、彼我の戦力を入念に検討した結果、もはや勝算など三割以下しかないと周囲にもらしていたほどである。

この状況で活路を見い出すには損害を無視し、

ありとあらゆる戦力を総動員するしかない。

戦場はマーシャル、またはギルバート方面。

連合艦隊を磨《す》り潰《つぶ》す覚悟で艦隊決戦をおこない、アメリカ海軍に多大な出血を強いるのだ。

さすれば、米国市民の間に厭戦《えんせん》気分が広がり、終戦への道筋が見えてくるだろう。

それが日本海海戦という成功体験の呪縛であり、捨てきれぬ夢であったとしても、古賀には他に選択肢などなかった。

早朝から〈大和〉へ向かっている理由は、第三代艦長に就任した大野《おおの》竹二《たけじ》少将と、次期攻勢の打ち合わせを欲したからであった。

大野艦長は航海畑の出自でありながら、戦略眼にも秀でた人物であった。自腹でイギリス留学をした経験もあり、米英の内情にも詳しい。

投了に近い終戦を模索するにおいて、知恵を拝借したい人物であった。

そして〈大和〉は一二日に内地に向けて出港する予定だ。この機会を逃せば、次はいつ話せるかわからない。

長官艇は〈大和〉の右舷《みぎげん》艦尾に接舷した。

古賀はすぐにラッタルを駆け昇ろうとするも、五八歳という年齢がそれを許してくれなかった。乱れた呼吸を整えつつ、やっと上甲板へとたどり着くと、大野艦長みずからが出迎えてくれた。

「長官。わざわざ来艦していただき恐縮です。お呼びくだされば、私のほうから旗艦にうかがいましたのに」

四九歳の大野竹二は、大人《たいじん》としての雰囲気を漂わす偉丈夫《いじょうふ》であった。顔立ちは軍人というよりも、銀行家のそれを連想させる。

過去の戦争だけではなく、未来の戦争をも見通せる戦略眼の持ち主であると、古賀は高く評価していた。

「いや、それが〈武蔵〉は出港してしまってね。昼過ぎまで、春島の沖合で対空戦闘訓練を実施する予定なのだ。小澤《おざわ》中将の乗る軽巡〈大淀《おおよど》〉も一緒にね。私がいても邪魔になるだけなので、こうして出向いたというわけさ」

大野は表情を厳しくして言う。

「対空戦闘訓練……やはり、トラックにも米軍機が来襲すると？」

「遅かれ早かれだ。ここは帝国海軍の真珠湾だからな。アメリカが復讐戦を挑む舞台としては、満点だと思う。大規模空襲のあと、戦艦の艦砲射撃で要地を潰し、海兵隊を上陸させる。トラック諸島はガダルカナル島を凌駕《りょうが》する激戦地となろう」

「それはどうでしょうか。戦例から判断するに、敵将マッカーサーとニミッツは守りの堅いところを無視するはず。来るとしても、トラックは空襲で無力化を図るのでは？」

「うむ……〝攻めて必ず取る者は、其の守らざるところを攻むればばなり〟か。孫子《そんし》の兵法を活用しなければならぬのはこちらだというのに、アメリカ人にお株を奪われてしまうぞ」

「呉鎮守府《くれちんじゅふ》へ帰投と同時に〈大和〉は対空火器の強化に入ります。両舷の二番と三番副砲を撤去し、高角砲と機銃を増設する案が艦政本部から寄せられていますので、応じるつもりです」

大艦巨砲の信奉者であった古賀にとり、それは面白《おもしろ》みのない改造案だった。

しかしながら、現実は現実として受け入れるしかあるまい。戦争のメインキャストは、戦艦から航空機へとバトンタッチされたのだから。

そして……古賀峰一もまた、太平洋戦争のメインキャストから降りる瞬間《とき》が唐突に訪れた。

予兆も前触れもなかった。

天の一角が、臙脂《えんじ》色に染められた。妖気を孕《はら》んだ光輝に目線を奪われた古賀と大野は思わず瞳を閉じた。なにか得体の知れない感触が総身を包み、それが瞬時にして駆け抜けていったかと思うと、猛烈な寒気が押し寄せてきた。

赤道に近いトラックでは、師走でも充分に暑い。古賀は夏冬兼用の防暑服、のちに第三種軍装として正式採用される軍服に身を包んでいたが、体感温度はまるで師走の内地に戻ったかのようだ。

口から出る息が白いことからも絶対に気のせいではない。

「長官！　あれを！」

大野艦長が青ざめた表情で、カタパルトの彼方を指差す。そこには、海軍兵学校と所縁《ゆかり》のある者なら確実に記憶している緑の山肌があった。

「あれは……灰《はい》ヶ《が》峰《みね》ではありませんか!?」

見間違えではなかった。

それは、標高七三七メートルと呉ではもっとも高い峻嶺《しゅんれい》にほかならなかった。

だが、ここはトラックだ。目立つ高山など存在しない、南溟《なんめい》の島である。なぜ灰ヶ峰に酷似した山肌が、手を伸ばせば届く距離にあるのだ？

驚くのは、まだ早かった。

古賀の耳は、奇怪な羽音を捉えた。元来の色味を急速に取り戻しつつある虚空の一角から、見たこともない飛行物体が接近してきた。

野球ベースを思わせる形と大きさで、四角《よすみ》では回転翼が勢いよく旋回している。無人の模型飛行機らしい。

低空を飛行してきたそれは、不意に速度を落とすと〈大和〉の第三砲塔の脇に着艦した。

もしや爆発物かと警戒した古賀だったが、訝《いぶか》しく思う間すらなく、それはふたたび宙へと舞いあがった。あとには、硝子《ガラス》にしか思えない板状の物体が残されていた。

そして、奇妙な物体から、唐突にこんな日本語が流れはじめたのである。

『連合艦隊司令長官の古賀峰一海軍大将、応答を願います。繰り返します。古賀峰一大将、どうか、電話に出てください』

促された古賀が一歩進むと、大野艦長がそれを諫《いさ》めた。

「長官。お下がりください。危険すぎます！」

「いや……危害を加える気なら、とっくに爆発しているだろう。相手はこっちを知っている。それならば、こちらも相手を知らねば話になるまい」

掌《てのひら》に乗る大きさの硝子板を拾いあげてみると、裏面は合成樹脂で作られているのがわかった。

これが電話だと？

「私が古賀だ。そちらの正体を知らされたし」

途端に硝子の色味が切り替わるや、驚くべきことに人物の動画が映しだされた。それも白黒ではない。総天然色である。いったい、どんな仕掛けなのだ。こんなのは、ドイツにもないだろう。

『自分は油谷《ゆたに》刻夏《ときか》2佐。連合自衛隊発足委員会の共同室長を務める者です』

見たこともない軍服を着込んだ、美麗な人間だ。男とも女ともわからぬ相手は、丁寧な日本語で、こう語りかけてきた。

『まず最初に陳謝いたします。あなたたちに、今回のような異常な体験を強いたのは我々なのです。

電話では埒《らち》があきませんから、自分はこれより直接謝罪にまいります』

「当方は、状況が依然として把握できていない。ここは何処《どこ》だ？　我々になにをしたのだ？」

『何処ではなく何時《いつ》か、と訊ねていただきたい。灰ヶ峰にはもうお気づきでしょうか。ここは、呉——正確には、かつて呉が存在していた地域です。しかしながら、昭和一八年一二月七日ではありません。いまは令和《れいわ》一五年一二月七日なのです』

「令和などという元号は聞いたこともないが」

『昭和の次が平成、平成の次が令和です。西暦に換算すると、二〇三三年です』

「おまえは未来から来たとでも言うのか？」

『いいえ。あなたがたを未来に、力尽くで招聘《しょうへい》したのです』

「それが世迷い言ではないと仮定して、どうしてそんなことをやらかしたのだ？」

油谷と名乗った、軍人とも民間人ともつかぬ奇怪な相手は、懇願するかのような声を出した。

『令和の日本を救っていただきたいのです。そのために、戦艦〈大和〉が必要だったのです』

2　軍港消滅

——令和一五年一二月七日

広島県呉《くれ》市は、過去も現在も（そして、おそらくは未来も）軍港としての役割を課せられた港湾都市である。

この街が持つ重要性と利便性は、歴史と地政学によって入念に裏書きされている。

二一世紀も約三分の一が経過した現在——令和一五年一二月七日早朝にあっても、その現実にはいささかの相違もない。

湾内には、海上自衛隊の護衛艦が集《つど》い、国内外で生じる不測の事態に睨《にら》みを利かせていた。

そして……朝霧を切り裂くように出港していく大型護衛艦の姿があった。

ＤＤＧ－１８８〈やまと〉である。

昨年完成したばかりの新造艦だ。全長は二一〇メートル、基準排水量二万二〇〇〇トン。空母を除く水上艦艇としては、世界最大のサイズを誇る。

公式には単に護衛艦と称されるが、媒体によっては、超大型汎用イージス艦と記されることも多い。

（……命令とはいえ、今回のソーティはつらすぎる。連合自衛隊発足委員会の面々は嬉々とした調子だったが、連中はどうにも好きになれないな。この〈やまと〉を生贄《いけにえ》に差しだせとは……）

苦渋の顔でそう思い悩むのは、初代艦長の蔵山《くらやま》数成《かずなり》1佐であった。

現在四九歳とベテランの域に達した彼は、ふそう型の二番艦〈やましろ〉でも艦長職を経験しており、操艦に不安はなかった。

しかし、この任務はあまりにも不条理であり、異質であった。

先行きには不安しかない。

それが蔵山の表情を歪《ゆが》ませていた。

「艦長……畏怖とは部下に伝染するもの。そんな顔を見せないでいただきたい」

透き通るような声音が、航海艦橋に響いた。振り返ると、予想したとおりの人物がそこにいた。

「水谷《みずたに》2佐……貴様は戦闘指揮所《CIC》に詰めているんじゃなかったのか？」

連合自衛隊発足委員会の共同室長という地位にいる、怪しげな奴だ。

航空自衛隊出自でフルネームは水谷刻冬《こくとう》。その顔立ちは女と見間違えるほどに端麗《たんれい》であり、軍人特有の厳《いか》つさは皆無であった。

自他ともに認める醜男である蔵山にとって、あらゆる意味で疎《うと》ましい相手だ。

「刻《こく》駕《が》計画は完璧に遂行中であり、もはや自分がCICで成すべき任務は完了しました。ここから肉眼で、一部始終を見届けたいのです」

機械的なまでに淡々《たんたん》と語る水谷2佐は、口調を違《たが》えずにこう続けた。

「ところで、次世代型超高速増殖炉モンジューから連絡はありましたか」

「阿多田島《あたたじま》の原発か。順調に稼働中との定時連絡が来ているぞ。灯台の跡地に設置した特殊装置とやらの駆動にも、問題はないそうだ」

「それは重畳《ちょうじょう》。刻駕計画の成否は、阿多田島の時空回帰砲――ネオ・ディメンション・レールガンの出力にかかっておりますから」

そう呟いたあと、水谷は右舷前方を見据えた。

フネは江田島《えたじま》の北側を抜け、厳島《いつくしま》を眺める位置にまで到達している。彼方には、阿多田島の影まで確認できていた。

「それにしても無念です。もし本艦が原子力駆動であったなら、長崎《ながさき》から同型艦〈むさし〉を呼び寄せ、対消滅砲撃で一切合切を終わらせられましたのに」

「まさか。やまと型に搭載が計画されていた口径四六ミリのレールガンでは、パワー不足だな。原子炉を搭載していても同じことだろう」

「いいえ。発電量に余裕があれば、設計時から大型のレールガンを装備できたはずです」

蔵山艦長は嘆息してから、悔しさを込めた声を出した。

「それをやろうとして、中国様を怒らせてしまったのだ。周辺国への配慮のため、当初予定されていた原子力機関は断念するしかなかった。北京の連中には〈やまと〉という艦名すら、侵略の決意に聞こえたらしい。連中は恥知らずにも、廃艦を要求してきた。ウクライナの例を挙げるまでもないが、やはり核を持たぬ国は弱いな……」

「いいえ。本当に恥を知らないのは、それに唯唯《いい》諾諾《だくだく》と従った政権与党です。それも遣り口が最悪でした。せめて、中国政府に膝《ひざ》を屈したことを正式に公表し、そのうえで〈やまと〉を解体するのであれば理解もできますが、事故に見せかけて処分せよとは……。あんな連中に議席を与えた国民も同罪でしょう。師村《しむら》副総理は、最後の最後まで反対してくださったようですが」

「いまさら犯人捜しでもあるまい。すべては遅きに失した。これが〈やまと〉最後の航海になろうとは。そして俺が最後の艦長だとは……」

「いいえ。蔵山1佐には、今後も〈やまと〉の艦長として采配を揮《ふる》っていただきます。それこそ、連合自衛隊発足委員会の総意です」

「まるで意味がわからんぞ。本艦は阿多田島の沖で総員退艦し、時空回帰砲とやらで自沈させる。それが、刻駕計画の全貌だろう」

「カバーストーリーを信じてくだったようですね。これは重畳。艦長まで騙《だま》せたとなれば、今回の作戦は防諜が完璧だったようです」

「貴様……なにを考えている?」

「考える段階など終わりました。行動するときが来たのです」

「いったい何事だ!?」

「あわてる必要はありません。世界初の試み、というわけでもないのですから。一九四三年十月にアメリカ海軍が、フィラデルフィア港で同様の実験を実施しています。都市伝説だと切り捨てるのは簡単ですが、一定の成果はあったはずだと解釈しています。ああ……時間ですね」

やはり、予兆も前触れもなかった。

天の一角がダーク・レッドに染められた。

魔物めいた光線の襲来に、蔵山は思わず身を固くした。悪寒をともなう感覚が全身にまとわりついたかと思うと、猛烈な熱気がやってきた。

瀬戸内に位置するとはいえ、師走の呉はかなり冷えこむ。蔵山は黒を基調とした冬制服と呼ばれるユニフォームに袖を通していたが、体感温度は真夏のそれだ。

額には、早くも汗が浮かびはじめた。そして、周囲はなぜか暗く、朝焼けにも似た色調が東の空を染めている。

『こちら、ＣＩＣの副長です。通信システムに障害発生。衛星とのリンケージが切断された模様。再接続を試みておりますが、反応がありません』

航海艦橋に流れた報告に、水谷が訊ねた。

「呉基地との連絡はどうなっていますか？」

『第四護衛隊群司令部とは無線が通じています。ただし、向こうも混乱しているらしく、まともな情報が入ってきません』

蔵山艦長は、強化硝子《ガラス》越しに左後方を凝視した。

そこには、呉らしき街の光があった。周囲の島々にも異変はないようだ。

だが、見えてしかるべき物体が見えない。呉であれば聳《そび》えているるはずの灰ヶ峰《はいがみね》がない！

常に沈着冷静なはずの水谷が、やや浮ずった声で口早に言った。

「大至急、天測をさせてください。大凡《おおよそ》でかまいませんから、緯度と経度を弾きだすのです。自分の計算が正しければ、北緯七度二〇分、東経一五一度五〇分のはず」

信じがたい予測の数字に、蔵山は左舷艦橋ウイングへと飛びだし、空を仰ぎ見た。

そこには、日本からは絶対に見えない星座が煌めいていた。

南十字星だ。

異常事態を察知した蔵山が艦橋へ取って返すと、水谷が艦内電話の受話器に怒鳴っていた。

「そうです。大黒神島《おおくろかみしま》のスカイ・ワープ社にすぐ連絡を。事前の打ち合わせどおり、情報収集衛星の打ち上げを依頼してください。それと並行してGPS衛星の準備も急がせるのです。ストックしてあるクロノス・ロケットの在庫を使い切ってもかまいません」

意味不明な、それでいて悪意が如実に介在する台詞に、蔵山は怒気を隠そうともしなかった。

「貴様……こうなることを予期していたな。連合自衛隊発足委員会は、なにを企んでいる！」

電話を切ってから、水谷は応じた。

「刻駕計画は順調に遂行中です。すべては当初の予定のままに……」

「ここは何処《どこ》だ？〈やまと〉になにをした？」

「何処ではなく何時《いつ》か、と訊ねていただきたいものですが、疑念にはお答えしましょう。南十字星をご覧になったのであれば、もうお気づきのはず。ここは、呉ではありません。かつて帝国海軍が中部太平洋における根拠地とした、トラック諸島の跡地《いち》なのです。

そして日時ですが、令和一五年一二月七日ではありません。昭和一八年一二月七日です」

無気味すぎる断言に、蔵山はさらに詰問した。

「おまえは〈やまと〉をタイムスリップさせた、とでも言う気か?」

「本艦だけではありません。呉および岩国基地のすべてを、力尽くで過去に連れ戻しました」

「それが嘘八百でないとして、なぜそんなことをやらかしたのだ?」

すると水谷は、場違いなまでの悲しげな声で、こう宣言したのだった。

「昭和日本を救い、戦後史を書き直すためです。そのために〈やまと〉が必須だったのです」

第一章　消失点の虎狼

1　夢の超特急

——令和一五年一二月七日

新幹線のぞみ二一号は、定刻どおり午前九時三〇分にJR広島駅を出発した。

そのグリーン車に設けられた個《コンパートメント》室に腰を落ち着けた古賀峰一《こがみねいち》大将は、流れゆく窓外の光景に感嘆の声をあげるのだった。

「まったく信じられんな。帝都東京まで四時間とかからないとは。

最高時速は三六〇キロ。つまり、およそ一九〇ノットか。艦攻なみの速度を出せる弾丸列車が、日本列島を貫いているぞ」

相対して座る油谷刻夏《ゆたにときか》と名乗る人物は、冷徹な表情のままで応じるのだった。

「新幹線は枯れた技術の結晶にすぎません。これ以上のスピードアップは無理です。現在、東京と大坂を六〇分で結ぶリニア新幹線が工事中ですが、開業は六年後となっています」

「民間航空も発達していると聞いた。たいていの県には、大型空港が設置されていると。これ以上の速度を求めずともよかろうに」

「公共工事と技術革新は、継続し続ける必要があります。さもなければ、経済と人材が動脈硬化を起こしてしまいますから」

予期した答えに、古賀は少し安堵するのだった。九〇年後の日本も、あまり変わらぬのだなと。

「昭和の帝国海軍が〈大和〉を建造したのは公共事業の一面もあった。また技術の継承という意味合いも強い。〈長門《ながと》〉と〈陸奥《むつ》〉から二〇年近く戦艦を建造しておらず、造船工も代替わりしつつあったからな」

「令和の海上自衛隊も同様です。護衛艦と潜水艦の寿命を二〇年から二五年程度に設定し、新造を続けているのは、やはり技術を継承する必要性からです」

「海上自衛隊……それが、帝国海軍の後継団体か。そして油谷2佐は航空自衛隊に在籍し、他に陸上自衛隊もあると聞いた。それぞれ大本営を別々に置き、軍務に従事しているのかね。陸軍省と海軍省のように？」

「いいえ。防衛省という行政機関で、統括管理しています。ただし、組織としての垣根は打ち消せていません。

そこで、我々GSDFLC——グランド・セルフ・ディフェンス・フォース・ラウンチング・コミティー、つまり連合自衛隊発足委員会《GSDFLC》が、一元管理の実現性を希求し、結成されたのです」

「連合自衛隊か。明治や大正の連合艦隊と同様、戦時にのみ編成される組織と解釈すべきかね」

「違います。発足委員会は九年も結成されたままです。完全な連合自衛隊として出発できるまで、どれほどかかるか、見当すらつきません。その前に敵国が動いてしまいました」

物騒《ぶっそう》すぎる物言いに、古賀は警戒の度合を一段階あげた。

「回転翼機で〈大和〉に着艦した君は、真っ先にこう言った。令和の日本はアメリカ合衆国と和睦していると。敵国とはどこだろうか？」

「あなたたちの言う共産匪《きょうさんひ》の末裔《まつえい》です。毛沢東《もうたくとう》を崇《あが》める中華人民共和国こそが、アジアのみならず世界に混乱と戦火をもたらす異朝であり、本朝へと食指を伸ばす怨敵。連中は本気で、沖縄と九州を狙っています」

説明口調で言い切った油谷は、頭上の荷物棚から手提げバックを降ろした。

中には、奇妙な半円形の物体が二個入っていた。色は半透明で、持ち運ぶには難儀するほどの大きさだ。

「頭部装着型の情報端末です。自分と同じように被ってみてください」

油谷は、それを頭に乗せた。顔の上半分を覆ったそれは、ぼんやりした明かりを放ちはじめた。

古賀も相手に続く。未知の素材で作られているらしく、非常に軽かった。

視野が薄暗くなったが、その他に違和感はない。座席に座る油谷の姿も、はっきり見えている。

だが、数秒後——目の前に額縁《がくぶち》のような代物がいくつも映しだされた。日本語や数字が幾層にも表示されるだけでなく、天然色の写真や動画までもが表示されていた。

無秩序ではなく、規則に基づいて配置されているらしい。

実に見やすい。古賀は、戦闘機の操縦席に座ったかのような錯覚を抱くのだった。

「これは……いったい……」

「軍用のウェアラブル・ヘッドマウント・ディスプレイです。

民生品はサングラスと変わらぬほど小型化されていますが、秘匿性を重視すれば、このサイズになってしまいます。どうかご容赦を」

「驚いたな。今日の日付と全国の天気が、文字列で流れているぞ。北海道から沖縄まで網羅《もうら》されているが、台湾と朝鮮半島がないな。内地だけの限定情報なのかね？」

「そのあたりの事情も含め、これから約二時間でレクチャーできればと思います。状況に航空路でなく、あえて新幹線を用いたのは、あなたを説得していいもらうのに時間を要する、と判断したからでもあります」

「うん？　誰か来るのかね。君が私を口説くのだとばかり思いこんでいたが」

その直後、視界内に黒い粒子が現れた。それは渦《うず》になり、人影に形を変えた。

帝国海軍の第二種軍装に袖を通した海軍提督の姿に、である。

『僕だよ。古賀くん、ひさしぶりだな』

ブーゲンビル島で戦死したはずの山本五十六《やまもといそろく》の姿が、そこにあった。

驚愕し、言葉を失った古賀へと、旧友は語りかけてくる。

『最初に言っておこう。僕は幽霊ではない。然《さ》りとて君の知る山本五十六元帥でもないのだ。その個性をなぞるように創られた模造人格——つまりアーティフィシャル・インテリジェンスなのだ。この時代では、ＡＩと呼ぶほうが通りがよい。

魔法のように発達した電子計算機が、僕という幻を現実のものとした。古賀峰一連合艦隊司令長官を導くためにね』

唾を飲みこんでから、古賀は応じた。

「つまりはまやかし……ということか」

『まやかしだが、受ける感銘は本物だ。幼子や親を不意に亡くした遺族にとり、模造人格は最高の救済手段となっている。

　批判もあるが世人がみな強靱な心を持っているわけではないからな。僕が昭和一八年四月一八日に戦死した際、君も思ったはずだよ。山本五十六が生きていて、話ができたならばと』

　それを考えない日など、一日もなかった。

　海軍兵学校の第三四期生だった古賀は、二年先輩の山本に敬意を抱き、山本もまた誠実な古賀に目を掛けていた。

　航空畑に進んだ山本に対して、大艦巨砲を信奉し続けた古賀だったが、最後までお互いの信頼が陰ることはなかった。

「私の深層意識に寄り添うかたちで、あなたという個性が形になったというわけですか。それなら教えてほしい。私もまた戦死するのだろうか?」

　山本五十六の幻影は、少しだけかぶりを振った。


『たいがいの人間は己の死を直視できないというのに、最初にそれを訊ねるとは度胸がいい。覚悟に免じて真実を教えよう。

　君は昭和一九年三月三一日に二《に》式大艇《しきだいてい》で移動中、暴風雨に巻きこまれ、機体ごと行方不明となるんだ。結果論だが、この世界に召喚されて、命数は延びたはずだよ』

「正直なところまだ半信半疑だ。令和の御代には、時を超える技術が現実化しているのか」

『量子コンピューターの爆発的進化により、時空量子学説の亜種であるベル連続体理論が確立した結果、原子単位の分解、および再構成の技術が可能となったのだ。さらに詳しい説明が必要か?』

「いや……もういい。理解の範疇を超えている。連合自衛隊を名乗る連中に、天地の理《ことわり》を曲げた行為だとの自覚があるのだろうか?」

『それはある。ただ、非道を重ねてまで古賀峰一と連合艦隊を呼び寄せたのは、敗北を繰り返さぬためなのだ』

「つまりは……負けるのだな」

『さよう。それも完膚なきまでに』

突如、新幹線の窓外に流れていた景色が、白黒の記録フィルムへと置き換わった。

戦艦〈長門《ながと》〉や空母〈瑞鶴《ずいかく》〉といった軍艦の姿が表示され、年表らしきものが重ねられていく。

『事実のみを列挙しよう。君の死後、豊田副武《とよだそえむ》が後任となるが、連合艦隊は昭和一九年六月一九日にマリアナで空母決戦を強行し、航空部隊は再起不能な打撃を蒙《こうむ》る。サイパンやグァムは占領され、連合軍の野心はフィリピンに移った』

窓外の動画が、東南アジア周辺の大地図に取って代わった。アメリカ艦隊の動きが、克明に表示されていく。

『同年一一月にレイテ沖海戦が勃発。小澤《おざわ》機動部隊を囮艦隊とし、栗田《くりた》中将率いる水上砲戦部隊を突入させ、敵の橋頭堡《きょうとうほ》を叩く計画だったが、戦艦〈武蔵《むさし》〉〈扶桑《ふそう》〉〈山城《やましろ》〉などが撃沈され、作戦は失敗に終わった。

主力として唯一生き残った〈大和《やまと》〉もまた翌年四月七日に沈んだ。残念ながら、連合艦隊はここに全滅したのだ……』

表示されていた地図に、日本列島がクローズアップされていった。山本五十六の模造人格は発言を重ねていく。

『連合軍は着実に内地を目指し、北上を続けた。昭和二〇年三月には硫黄島が、六月に沖縄が陥落した。B－29という長距離爆撃機が列島を焼け野原にし、帝都東京も灰燼《かいじん》に帰した。

そして八月には、広島と長崎に原子爆弾が投下され、ソ連が中立条約を破って参戦した。
ここに大日本帝国は無条件降伏を受諾し、敗北したのだ』

「原子爆弾とは、核分裂反応兵器のことだろうか。ドイツが開発中とは聞いているが、どうしてそれが日本に投下されたのだ？」

『ドイツは一九四五年五月に降伏した。ヒトラー総統は自殺し、ベルリンはソ連軍に占領された。広島と長崎を焼いたのはメイド・イン・アメリカの原子爆弾だよ』

昭和一八年においても原爆の概念は科学雑誌や新聞で部分的に公開されており、知識人であれば一定の理解があった。

古賀もそのひとりだった。人類史上、もっとも悪魔的な破壊兵器と成りうる代物――兵器というよりモノをぶち壊すだけの機械――に関する基礎情報は、頭に入っていたのだ。

たった一発で街ひとつを破壊できるというのはおおげさであろうが、かなり威力はあるはずだと思っていた。

そんな予想は、デジタル修復された実写映像によってかき消された。

巨大なキノコ雲が広島と長崎の上空に生じた。焼けただれた無数の遺体が、無差別に、そして無造作に投げだされていた。

目を背《そむ》けようとした古賀だったが、山本五十六はそれを咎《とが》めるのだった。

『直視しなければならない光景だぞ。特に戦争を遂行中である者は、逃げる資格などない。僕とて、責任は痛感しているのだ。

日米戦の行き着く先がこれだと承知していれば、

クーデターを起こしてでも開戦を食い止めていただろうに』

「原爆での犠牲者は、どのくらいなのだろうか」

『数えかたにもよるが、昭和二〇年の暮れまでに約二五万人が死亡した。放射線障害による死者は数え切れない。

　そして、同様の惨劇が令和日本を襲おうとしている。これを食い止めるには、君と連合艦隊の協力が不可欠なのだ』

「ふたたびアメリカと矛《ほこ》を交えるというわけか？」

『違う。油谷2佐が言ったことを忘れたのかね。合衆国は頼りになる軍事同盟国だ。正確には軍事同盟国であった、と評せねばならないのが本当に悲しいが』

「よもやアメリカが凋落したというのか？」

『世論に迎合して当選した女性大統領が、合衆国をドラスティックに変貌させてしまったよ。世界の警察という役目を放棄した結果、地球は弱肉強食の惑星となった。欧州ではロシアが、アジアでは中国がやりたい放題だ』

「令和の日本は新たな元寇《げんこう》の危機に曝されているというわけか。なぜそんなことに……」

『ならば語ろう。昭和と平成と令和の日本がたどった、興隆と没落の歴史を……』

2　胡蝶の夢

——昭和一八年一二月八日

　横須賀鎮守府《よこすかちんじゅふ》の司令長官を務める海軍大将豊田副武《とよだそえむ》の手元に、状況の激変を伝える一報が届いたのは、一二月八日の早朝であった。

「長官。正体不明の相手から入電がありました。

信じられない出力の電波です」

通信室に詰めていた市来崎秀丸《いちきざきひでまる》少佐であった。かつて支那方面艦隊で暗号を担当していた経験を持つ彼は、心底驚いた表情で続けた。

「今度も呂暗号を活用しています。無気味な連中に思えてなりませんね」

いささかも緊張を解かずに豊田は言った。

「それで……相手はなんと言っているのだ？」

すぐさま市来崎は電文を読み上げた。

『特使搭乗ノ超音速機ハ順調ニ横須賀ヘト飛行中ナリ。到着予定時刻〇七五〇《まるななごまる》』

豊田は腕組みをしてから促した。

「どこの誰だかわからぬが、相手はこっちの内情を熟知している。昨夕に届いた電文を、もういちど読んでくれ」

市来崎はうなずくや、胸ポケットからメモを取りだして朗読を始めた。

『須賀鎮守府ニ通達ス。我々ハ連合自衛隊ナリ。とらっく諸島ノ一件ニツキ、特使派遣ヲ希望スル。到着予定時刻ハ翌朝未明』

それもまた帝国海軍が運用する呂暗号に則《のっと》って組まれた暗号電だった。連合軍が撹乱《かくらん》戦術を試みている可能性も指摘されたが、別の事実から否定されてしまった。

昨日早朝より、トラック泊地との連絡が途絶しているのだ。

通信装置の故障ならば日常茶飯事だが、二四時間近くが経過した現在でも復旧していないのは、いささか奇妙すぎた。

加えて、戦艦〈武蔵《むさし》〉からの緊急電もあった。艦長朝倉豊次《あさくらぶんじ》大佐から、未曾有の大事件が生じたとの通報が舞いこんでいた。

現場が混乱しているのか、要領を得ない報告であったが、トラック諸島の大部分で異変が生じたらしい。〈武蔵〉は泊地の北側で対空訓練に従事しており、たまたま難を逃れたが、投錨中だった艦艇の大部分が消えたというのだ。

旗艦〈武蔵〉に同乗していた連合艦隊司令部は幸いにも無事だったが、古賀峰一長官が行方不明となってしまった。

それだけではない。

地形が大幅に様変わりし、日章旗を掲げた見知らぬ軍艦が、多数投錨しているとの続報もある。

横須賀鎮守府は呉および佐世保基地と相互連絡を取りつつ、〈武蔵〉からのさらなる連絡を待ちわびていたが、連合艦隊旗艦は以後、沈黙を保ったままだ。

焦れる豊田の手元に〝連合自衛隊〟を名乗る謎の相手から連絡が入ったのは、午後四時のことであった。さきほど市来崎が読みあげたものが、それである。

状況と内容を鑑《かんが》みるに、無視などできない。

豊田は昨夜から第二船台の側に位置する鎮守府の長官執務室に泊まり、続報に備えていた。

かつてない異常事態に、昨夜は一睡もできず、疲労は蓄積していたが、興奮のためか眠気は感じなかった。

「連合自衛隊だと……いったい何者だ？　午前七時五〇分に着くらしいが、あと三〇分もないぞ」

豊田がそう呟いた直後だった。八丈島《はちじょうじま》の八丈富士に特設されていた電探詰所から、緊急電が届いたのである。

『未確認飛行物体を肉眼にて捕捉。機数一。高度約六〇〇〇。速度は計測不能。繰り返す。未確認機を肉眼にて視認。電探反応は一切なし！』

　奇妙すぎる報告だった。対空電探の二式一号二型は、たしかに誤作動も多いが、主力艦にも搭載されているレーダーであり、肉眼で見えるような機体を逃すようなことはない。

　すぐに豊田は反応した。

「追浜《おっぱま》飛行場の八木勝利《やぎまさとし》中佐に連絡だ。雷電《らいでん》隊を東方から南にかけて展開させ、接近中の正体不明機との接触を試みよ。怪しい素振りを示したら、撃墜してもかまわん！」

＊

　ドーリットル隊の東京爆撃という辛酸を嘗《な》めた帝国海軍は、首都防空に力を入れはじめていた。

　危惧すべきは、大型の四発機による本土空襲だ。南方で姿を見せたB－17やB－24といった高々度を飛行する爆撃機には、名機の誉れ高い零式艦戦も手を焼いていた。

　すでに日華事変の戦訓から基地防空に特化した迎撃機が必須との結論にも達しており、航続距離を犠牲にした局地戦闘機の開発も進んでいた。

　三菱重工が完成させた〝雷電《らいでん》〟がそれだ。設計は、零戦を手がけた堀越二郎《ほりこしじろう》技師が担当し、発動機には一式陸攻にも用いられた空冷星形エンジンの火星が採用された。高度六〇〇〇メートルにおいて時速三二五ノットを達成せよとの要望を実現するには、ほかに方法がなかった。

　しかし、元来が大型機用の発動機である。無理やり単発機に搭載した結果、やたらに機首が太いシルエットになってしまった。

　零戦のスマートな機体を見慣れた目には、やや不格好にも思える。

　追浜飛行場の滑走路を蹴り、空へと飛び立った紅松貞明《べにまつさだあき》少尉も、最初に雷電を見た際は異様さに打ちのめされたが、初飛行から小一時間と経たぬうちに、その実力に魅了されていった。

　高度六〇〇〇まで五分四〇秒弱で上昇し、発動機が駄々をこねないかぎり、最高速度は六〇〇キロに迫る勢いだ。

　主翼に二〇ミリ機関砲を、そして機首に七・七ミリ機銃をそれぞれ二基ずつ搭載してある。

　零戦とは一味《ひとあじ》も二味《ふたあじ》も違う高々度戦闘力は、皇土に仇なす敵重爆を一刀両断にしてくれるだろう。

　紅松が乗る雷電一一型は、昭和一八年九月より量産が始まったばかりの最新鋭だ。

　海軍は横須賀の追浜飛行場にて第三〇一航空隊を編成し、猛訓練が始まっていた。

　こちらはラバウルへ進出する計画だが、来年に厚木《あつぎ》にて開隊する第三〇二航空隊は首都圏防空が主任務である。

　そして紅松は、第三〇二航空隊へ赴任することが内定しており、ビルマ戦線から内地へ帰還したところであった。

　支那事変のころから最前線で戦闘機を飛ばしていた紅松は、すでに帝国海軍でも指折りの撃墜王として有名であったが、新鋭機をいきなり乗りこなせるわけもない。

　破天荒かつ豪放磊落《ごうほうらいらく》で知られる男だが、同時に慎重な一面もあった。習熟訓練を希望した彼は、内地帰還を命じられ、追浜飛行場に出向していた。

　雷電にすぐ乗れる部隊は、第三〇一航空隊だけであったからだ。

　そして紅松は、否も応もなく、今日の事件に巻きこまれた、という案配《あんばい》である。

追浜には六機の雷電が配備されていたが、まだ操縦士が揃っていなかった。午前の訓練に備えて待機していた紅松は、飛び入りに近い格好で出撃したのだった。

南下しつつ、高度五五〇〇まで雷電を駆けあがらせた紅松は、四方八方に視線を向けた。

「八丈島から横須賀までは二四〇キロ。零戦なら一時間だが、やっこさんは果たして、どのくらいでお出ましかな！」

景気づけのつもりで怒鳴った紅松だが、まるで呼応するかのように二時方向に黒点が現れた。

警戒する余裕など最初から与えられなかった。それは瞬時にして拡大し、航空機の姿を形成していく。

これまでに見たことも、いや……想像すらしたこともない軍用機の姿にだ。

奇怪すぎる機影だった。

まずプロペラらしき物体がない。主翼は機体の中央から後部へと張りだしており、二枚の垂直尾翼が確認できる。

「どういう理屈で飛んでいるんだ!?　ドイツがジェット機を開発中だと聞いてはいるが……」

しかし、接近中の不明機に鉄十字の紋章は確認できない。機首の下部と主翼に描かれているのは、日の丸そのものであった……。

これらが視認できたのは、ひとえに紅松の動体視力が優れていたためである。

見えた時間は、ほんの数秒であった。

相手は轟音を発しながら雷電の側をすり抜けるや、横須賀へと進軍していったのだ。

紅松は、機体を旋回させると同時に火星一三型発動機の出力を最大にし、全速で追跡を始めた。

それが無駄な努力だと判明したのは、まもなくのことであった。

相手のスピードは尋常ではない。雷電を時速五九〇キロまで引っ張っても、間隔は開くばかりであった。

あんな速度の機体に乗って、人体に害はないのだろうか？　もしや、音速の壁を突破しているのではあるまいか？

そう直感した直後だ。

三式空一号無線電話機に反応があった。過去に経験したことのない強力な音声反応だ。

『後続する雷電のパイロットに告げる。当機は連合自衛隊の特使が操縦中であり、横須賀鎮守府へと飛行中である。交戦の意志はない。差し支えなければ、水先案内を依頼したい』

明瞭すぎる日本語での通達であった。

紅松は反射的に、受話器へと大声を発した。

「こちら帝国海軍航空隊の紅松少尉である。貴様は誰だ？　連合自衛隊とはなんだ？　その機体は、どこの新型機だ？　陸軍機か？」

『現状で回答できるのはひとつだけ。自分たちは敵対勢力ではない。日本陸海軍と共同戦線を構築することを希求する軍事組織だ』

唐突に、相手機との距離が縮《ちぢ》まりはじめた。速度を落としたらしい。

紅松は雷電をその左舷に占位させると、今度はじっくり凝視した。

見れば見るほど、奇怪な機体である。先鋭的なシルエットが碧空《へきくう》に映えている。

異世界から飛来したと言われても、信じてしまいそうだ。

写真機《キャメラ》があればと悔やむ紅松だったが、同時に安堵感を抱いてもいた。

雷電と言えども、あんな未知の機体と渡りあって勝つ見込みなど、最初から皆無。逆らえば身の破滅を招くだけだろう。

「水先案内か。心得た。横須賀鎮守府に行くなら、追浜飛行場に降りるのが適切だぞ。この近辺では、滑走路がいちばん長い。その機体でも着陸できるだろう」

『滑走路は不必要だ。横須賀海軍工廠の第六船渠付近に垂直着陸する』

およそ信じがたい返事だが、あるいはこの飛行機ならやれるかもしれぬ。紅松は訊ねた。

「軍機であるのはわかるが、せめて機種名を教えてはくれまいか?」

『F－35B〝ライトニングII〟』

相手の短い返事に、紅松は感慨を覚えた。

ライトニングとは稲妻《いなずま》——つまり、雷電に通じる単語だ。奇妙な因縁に、常日頃の図々《ずうずう》しさが鎌首をもたげてきた。

「いつか操縦させてもらいたいものだぜ」

相手の返事は、想定外すぎるものであった。

『最初からそのつもりだ。自分たちは、パイロットの代替要員に不自由している』

＊

横須賀鎮守府の第六船渠には、軍艦〈信濃《しなの》〉が鎮座していた。

大和型戦艦の三番艦として起工されたものの、ミッドウェー海戦の敗北を受け、現在は航空母艦への改造が急ピッチでおこなわれている。

当然、周辺は資材でごった返しになっていた。

飛行機が着陸できる滑走路など、存在しない。

ここのどこに降りる気なのか？

紅松機からの報告を受け、ダットサンで現場へと到着した豊田大将と市来崎少佐は、当然の疑問を抱いたが、相手は仰天すべき現実で答えを提供したのだった。

超低速で飛来した軍用機は、なんと空中に静止するや、そのまま緩《ゆる》やかに垂直降下を始めたのである。

押し寄せる熱風と轟音で、作業員が逃げだした。資材の狭間に、猫の額ほどの空間が確保された。

白銀の機体は脚部を展開させると、なんの支障もなく着陸を成功させたのだった。

「陸軍が開発中と聞く萱場《かやば》のオートジャイロでも、こんな芸当はできませんよ……」

市来崎がそんな声を絞りだしたが、豊田は絶句したままだった。

すると、操縦席の風防が跳ねあがる格好で開き、側面に簡素な梯子が展開された。

すぐに搭乗員が降りてきた。単座機で、乗員は一名だ。頭部をすっぽり覆うヘルメットを脱ぐと、見目麗《みめうるわ》しい軍人が現れた。

男とも女とも思える顔立ちであった。

極度の細身であり、身体の線が出る飛行服が、それを補強している。男装の麗人を自称されたならば、思わず信じてしまいそうだ。

豊田と市来崎を見つけた相手は、見事な敬礼をするや、こう宣告してきたのだった。

「連合自衛隊の水谷刻冬《みずたにこくとう》2佐です。トラック諸島より、特使として参りました」

大胆かつ丁寧な物言いに、豊田は返礼したあと、こう切りだした。

「貴官には訊ねたいことが山ほどある。まずはあの飛行機だ。日の丸があるが……日本製か？」

「違います。設計は、アメリカのロッキード・マーチン社がおこないました。

日本国内でも、組み立ての一部とエンジンの整備を実施してはおりますが」

市来崎が驚愕の表情を見せた。

「合衆国から買ったというのか!?」

「いかにも。ただし、日本だけではありません。このF－35シリーズは高騰する製造費に対応するため、輸出が大前提となっており、九カ国で正式採用されています」

すぐに豊田が口を挟んだ。

「たしかに高そうな飛行機だ。数を揃えるのもひと苦労のはず。どのくらいするものかね」

「単体で一四〇億円前後です」

ふたたび市来崎が声を張りあげた。

「戦闘機一機で、戦艦〈大和〉の一〇隻分の金がかかっているというのか！」

「昭和とは物価が違いすぎます。自分たちがいた時代では、日本の国家予算は一三〇兆円を超えているのです。国内総生産を示すGDPという指数は、世界第五位。長い間ずっと二位でしたが、中国とドイツ、そしてインドにも抜かれました。それでも戦闘単位としてF－35を運用する予算は、確保できております」

豊田は神妙な面持ちで、肝心の疑念をぶつけた。

「水谷君と言ったね。ずいぶんと若く見えるが、何歳だね？」

「平成一三年生まれ。西暦換算で二〇〇一年です。生理年齢で三二歳になりました」

市来崎が息を呑んだあと、納得しかけたような調子で言葉を発した。

「つまり……君は未来からやってきたと？」

「そのとおり。自分は令和一五年、すなわち西暦二〇三三年より九〇年の時を駆けて、昭和一八年に到着した者です。

だから知っています。太平洋戦争が如何《いか》にして終わり、日本がどうなったかを。あなたたちの命数が、いつ尽きるのかも……」

豊田は純粋な恐怖心を抱いた。人間は生まれると同時に死刑を宣告されている生き物だが、その正解を知っているのは死神だけだ。水谷と名乗る異人は、まさに死神そのものだった。

脅えを察知したのか、水谷は言った。

「警戒する必要はありません。自分という存在の来訪により、歴史の因果律は狂いはじめています。豊田大将の死期は、自分が把握しているそれとは差異が生じて然《しか》るべきでしょう。どうか誤解なきよう願います。この身は敵に非《あら》ず。まず、それをご承知おきください」

「そうは言うが……君のような異分子の物言いを無分別に受け入れるほど、無邪気ではないぞ」

「ごもっともです。敵意のないことを証明しなければなりますまい」

水谷は操縦してきた機体を指差した。

「手始めに、このF－35Bを帝国海軍に提供しましょう。中島飛行機の糸川英夫《いとかわひでお》技師を呼び、検分させてください。

戦後、日本のロケット技術の先駆者となる傑物です。彼なら、この時代の代物ではないと、結論を下してくれるでしょう」

今度は市来崎が言った。

「中島の技師ならば、太田《おおた》か宇都宮《うつのみや》製作所にいる。垂直着陸ができる機なら、垂直離陸もできるはず。直接行くというのはどうだ？」

「そうしたいのですが、トラック島から三三〇〇キロをダイレクトに飛行した結果、燃料タンクが空《から》なのです。しばらくは、ここに駐機させてくださ い。幔幕《まんまく》を張って写真を撮らせないようにしたほうがいいですよ。横須賀にも間諜《スパイ》は潜りこんでいますからね。〈信濃〉の飛行甲板が完成していれば、そこに降りてもよかったのですが」

生唾を呑みこむ豊田であった。

第六船渠で建造中の巨大空母だが、表向きはまだ第一一〇号艦と呼ばれている。〈信濃〉という艦名が内定してはいるが、把握しているのはごく少数だ。

「未来からの来訪者ならば、〈信濃〉の運命も承知しているのかね？」

豊田の問いに、水谷は事もなげに応じた。

「就役後、たった一〇日で沈みます。アメリカの潜水艦〈アーチャーフィッシュ〉の魚雷を受け、紀伊半島沖で沈没しました」

「もし、それが本当だとしたら、工員たちの苦労は文字どおり水泡に帰するわけか……」

「自分がいた時間軸ではそうでした。でも、それをねじ曲げるのが、自分の務め」

「水谷くん。君の目的はなんだ？」

「太平洋戦争を日本側の勝利に導き、戦後を書き換えること。それに尽きます。陸海軍の協力さえ得られれば、七つの海からアメリカ艦隊を一掃してご覧にいれます」

3　垣間見た偽史

――令和一五年一二月七日

「これが戦後か……」

昭和史、平成史そして令和史のあらましを目の当たりにした古賀峰一は、歪《いびつ》な手段で歴史の深淵を見極めた者として、明暗相反する表情を浮かべるのだった。

『いかにも。日本と日本人が歩んだ偽りの安寧の足跡だ。虚飾と汚泥に塗《まみ》れた繁栄の痕跡だ』

ＡＩで再構成された山本五十六は、ウェアラブル・ヘッドマウント・ディスプレイの視野のなかで、重苦しい顔つきのまま語り続けた。

『朝鮮戦争をはじめとする外憂《がいゆう》を特需として浮上の足がかりとし、東京オリンピックと大阪万博で勢いをつけ、土地取引を中心とする実態なき泡沫《バブル》景気に踊らされ、それが弾け飛んだ瞬間に〝失われた四〇年〟が始まった。

株価は乱高下《らんこうげ》し、経済浮揚策はことごとく不首尾に終わった。国内総生産は世界五位だが、国民の暮らしは楽にはならず、衰退のすべての原因たる少子化は進むいっぽうだ』

「それこそ信じられん。新幹線といい、頭に被るこの端末といい、科学と文化の粋《すい》を極めたものであるはずだ。

それなら、政治と経済でも悪くない選択ができただろう。代議士や財界人だけが、愚鈍と無能を極めているはずもあるまい」

『残念だが極めてしまったのだ。彼らは成功体験に頼りすぎた。二度目の東京オリンピックと大阪万博は、自己満足以外の結果をもたらさず、不意に生じた円高と株価上昇の波も、庶民になんら恩恵をもたらさなかった。

そして、迫りくる新たな外圧に、永田町は有効な手を打てなかった……』

古賀は諦めがついたかのように言った。

「まるっきり太平洋戦争と同じではないか。我々は日清日露で演じた艦隊決戦という呪縛に囚われた結果、アメリカ海軍に手玉に取られているのだから」

『それに関しては僕も頭を下げるだけさ。だからこそ、過ちを繰り返してはならんのだ』

「外圧とは……やはり大陸からの武力攻撃か？中国とソ連が侵攻をちらつかせているのか？」

山本の表情には、戯画的なまでに影が差した。

『ソ連あらためロシアは、ウクライナ戦役の後始末とポーランドとの国境紛争で手いっぱいだ。日本が直面する怨敵は中華人民共和国なのだよ。台湾を武力併合した北京政府は、露骨《ろこつ》に沖縄へと食指を伸ばしている。

そして、日本は単独でそれに立ち向かわなければならない』

「アメリカは加勢してくれないのか。日米は安全保障条約とやらを締結しているのだろう？」

『あれは、有名無実な協定に成り果ててしまった。完全に撤廃されたわけではないが、在日米軍基地からは戦力が次々に引き抜かれ、いまでは連絡員しか残っていない有様だ』

「外務省が、よほどの悪手を打ったのか？」

『違う。アメリカの国内問題だ。二〇二四年に再選されたダニー・カーズ大統領が、極端なモンロー主義に先祖返りしてしまったのだ。海外展開していた基地の撤収は、すばやかった』

視野に実写の地球儀が表示され、欧州と中東、そしてアジアから矢印がいくつも現れ、合衆国へと帰着していく。

『べつに、カーズ大統領が反戦主義者というわけではない。戦争が以前よりも儲からなくなった。ただ、それだけの話さ』

「たしかに世界規模に基地を展開させれば、金がかかりそうだな」

『うむ。世界一の経済力をもってしても、世界一贅沢な軍の維持は困難になっていった。また国民の理解も得られなかった。

ベトナムという悪夢を、湾岸戦争の完全勝利で払拭できたかのように思えたが、それは一時的な錯覚にすぎなかった。

二〇〇一年の九月一一日に生じた大規模テロの報復としてイラクとアフガニスタンへ侵攻したが、結果は芳《かんば》しくなく、軍の信頼は地に落ちた。

ロシアとウクライナの軍事衝突に不介入を決めこんだのも、それと無関係ではあるまいよ』

「合衆国は、世界の警察という地位を降りたと言ったな。カーズがそれを決めたわけか」

『実際にやらかしたのは、後継者として合衆国初の女性大統領となったイバーナ・カーズだ。

ダニーの娘だよ。基地さえなくせば攻撃されないと本気で信じている空想的平和主義者さ。当選に際し、モスクワと北京から裏金が流れたのは、公然の秘密だ』

「実質的に独立していた台湾が併合されたのは、やはりアメリカが見殺しにしたわけか?」

『あれは中共軍――中国共産党人民解放軍が悪辣《あくらつ》だった。二〇三一年大晦日に台北《タイペイ》を襲った大地震に乗じ、元旦から武力侵攻をやらかしたのだ。

救助の名目で部隊を出すかと思いきや、最初から占領軍として堂々と振る舞ったのは、大胆と言うか無謀と言うか……。

ともあれ、アメリカは事態を見守るだけでアクションを起こさなかった。

「台湾は友邦だったと説明を受けたぞ。自衛隊は動かなかったのか？」

『動けなかったのだよ。憲法九条のおかげでな。小賢しいことに北京はそれを見抜き、逆利用しておる。在留邦人が高雄《たかお》に避難していたため、輸送艦〈おおすみ〉を派遣しようとしたとき、中国は平和憲法違反だと声高に叫びおった』

「それで、救助はどうなったのだ？」

『企業の駐在員はすべて台湾政府の協力者と見做《みな》され、大陸へ拉致された。それればかりではない。居合わせた観光客もだ。北京はゲストと称しているが、要するに人質だよ。汚い手口の外交をやらせれば、連中の右に出る者はいない。令和の日本は翻弄《ほんろう》されっぱなしだ』

「昭和の日本も、対中問題は解決できなかったな。我々は同じ失策を繰り返しているわけか」

『台湾で味をしめた中国は次に沖縄を狙ってきた。これを阻止できるのは君と連合艦隊だけなのだ。おお、そろそろ時間のようだね……』

窓外が景色に切り替わった。新幹線が緩やかに減速していくのがわかる。京都駅まであと二分という文字情報が、角に現れた。

「もう京の都なのか……」

『岡山と新大阪には停車した。仮想現実の世界に埋没していては、気づきにくいよな。僕の出番はこれにて終了。次の案内人は、現実世界の住人だ。妙齢の女性だから、よろしく頼むよ』

ＡＩによって紡《つむ》がれた山本五十六だが、徐々にその姿が薄れていき、やがて背景に溶けこむように消えた。

　それまでは沈黙を決めこんでいた油谷刻夏《ゆたにときか》が、命令口調で言った。

「ヘッドセットを外してください。京都で乗車する客人を、この個室にお招きします」

「山本五十六の幻が語っていた女性かね」

「ええ。京都は彼女の選挙地盤なのです。一緒に上京する間、日本を救う策を練りましょう」

　すぐに新幹線のぞみ二一号は京都駅に停車し、大勢の乗客が乗りこんできた。古賀と油谷が乗る個室には、まず護衛官らしき黒服の屈強な男たちが姿を見せた。

　異常なしと判断したのか、彼らが部屋を去ると、五〇歳前後の中肉中背の眼鏡をかけた麗人が代わりに入室してきた。

　軽く一礼し、古賀の正面に座った彼女は、新幹線の発車ベルが鳴り終わるのを待ってから、よく通る声で告げたのだった。

「師村繁里《しむらしげり》と申します。来週より、日本国総理大臣となる代議士です。また連合自衛隊発足委員会《GSDFLC》の一員でもあります……」

４　ヒューマン・リソース

——昭和一八年一二月八日

「それでは……トラック基地の連合艦隊は、丸ごと消失したというのか⁉」

　横須賀鎮守府の司令長官室に市来崎少佐の裏返った声が鳴ったが、水谷刻冬2佐は平静さを極めた調子で応じた。

「丸ごとというと語弊があります。戦艦〈武蔵〉や軽巡〈大淀《おおよど》〉は、トラックにて健在ではありませんか。連合自衛隊が拝借したのは戦艦五、空母三、巡洋艦一〇、駆逐艦一二、潜水艦九――以上となります。仔細はこちらのスマートフォンをご覧ください」

水谷はポケットから板硝子《ガラス》のような物体を取りだした。

それには、軍艦の名前が羅列されている。

戦艦〈大和《やまと》〉〈長門《ながと》〉〈扶桑《ふそう》〉〈榛名《はるな》〉〈金剛《こんごう》〉
空母〈翔鶴《しょうかく》〉〈瑞鶴《ずいかく》〉〈千代田《ちよだ》〉
重巡〈鳥海《ちょうかい》〉〈鈴谷《すずや》〉〈熊野《くまの》〉〈最上《もがみ》〉〈筑摩《ちくま》〉
軽巡〈能代《のしろ》〉〈阿賀野《あがの》〉〈五十鈴《いすず》〉〈那珂《なか》〉
練習軽巡〈香取《かとり》〉
第四、第一〇、第一六、第一七、第二七、第三二、第六一の各駆逐隊
第二、第一五、第一二、第三四の各潜水隊

「ほかにも輸送船や給油船など三二隻がトラック諸島から令和日本に転移しております。これら艦船と人員が昭和に戻ることは永遠にありません」

市来崎は顔面を真っ赤にして言った。

「さらりと恐ろしいことを言うな！　貴様は連合艦隊の半数近い戦力を強奪したのだぞ。その罪は万死に値する！」

「大きな影響はないでしょう。ここに掲げた軍艦の大部分は、昭和二〇年春までに沈むのですから」

「世迷い言を！　そもそも貴様が滔々《とうとう》と述べた、昭和二〇年八月の敗戦が信じられぬ！」

市来崎の怒りを制したのは、豊田副武であった。

「待て。この男は死地となる公算が強い横須賀へ、

単独で乗りこんできたのだ。無為無策であるはずもない。帝国海軍を納得させるだけの代価を用意している、と見たが？」

　水谷はうなずいてからスマートフォンを取りあげると、表面を指先で撫で、ふたたび提示した。

「こちらが用意させていただいた、海上自衛隊の艦艇リストです。賠償としては充分すぎるかと愚考しております」

固定翼機搭載航空護衛艦〈かが〉
回転翼機搭載航空護衛艦〈ひゅうが〉
イージス護衛艦〈やまと〉〈ふそう〉
　〈まや〉〈あたご〉
　〈こんごう〉〈きりしま〉
多機能護衛艦〈もがみ〉〈くまの〉〈ゆうべつ〉
　〈やはぎ〉〈あがの〉〈によど〉〈さかわ〉
輸送艦〈おおすみ〉〈しもきた〉
高速補給艦〈さろま〉〈たざわ〉
潜水艦〈じんりゅう〉〈せきりゅう〉
　〈せいりゅう〉〈しょうりゅう〉
　〈おうりゅう〉〈とうりゅう〉
　〈たいげい〉〈はくげい〉
　〈じんげい〉〈らいげい〉〈ほうしょう〉

　一読した豊田は思った。これが九〇年後の日本艦隊なのか。見覚えのある艦名ばかりだ。すべて平仮名になっているのは、意味があるのか？

　先に疑問を口にしたのは市来崎であった。

「潜水艦と輸送艦を除けば、護衛艦とやらばかりではないか。そもそも護衛艦とはなんだ？　駆逐艦より小型のフリゲートのことか？」

　氷の微笑を見せてから、水谷は話した。

「艦名を指先で触れてください」

言われたままに水谷が端末を操作すると、いきなり動画に切り替わった。

それもカラー映像である。誰がどの角度から見ても航空母艦にしか思えない大型艦が、白波を蹴立てている。

「それが〈かが〉です。ミッドウェー海戦で沈んだ帝国海軍の〈加賀〉より名前を頂戴しました。全長二四八メートルと、先代の〈加賀〉より大きいのです。

軽空母と称すべきなのですが……一言では説明できない大人の事情がありまして、護衛艦で統一しております」

今度は豊田が重々しく訊ねた。

「搭載する艦上機は、君が操縦してきたF－35Bだと解釈してよいのだろうね」

「さようです。常時一八機を運用しています」

「もう一隻〈ひゅうが〉という航空護衛艦がいるようだが？」

「そちらは回転翼機を集中運用するため、固定翼機は搭載しておりません」

「回転翼機……オートジャイロのような機体だろうか？」

水谷は端末を取りあげて数秒間操作し、解答の動画を表示してみせた。

「哨戒ヘリコプターのSH－60L。対潜水艦作戦の主戦力として運用されています。〈ひゅうが〉には、四機が搭載されております」

市来崎が横から口を挟んだ。

「未来の回転翼機とて、たったの四機ではなにもできまい。米潜は佃煮《つくだに》にするほどいるのだぞ」

「六隻のイージス艦にも、各一機ずつ搭載しております。一一機いれば、トラック周辺のアメリカ潜水艦を全滅させられます」

次に豊田が短く訊ねた。

「イージス艦とは？」

「排水量一万トン前後の打撃巡洋艦です。空母艦隊の守りの要《かなめ》として建造されましたが、搭載する噴進弾の改良により、対空・対艦・対地とあらゆる攻撃目標を撃破可能となりました。

合わせて解説しましょう。多機能護衛艦は軽巡に相当する艦船で、対潜作戦を筆頭に、さまざまな任務に投入できます。

二隻の輸送艦は、実質的には強襲揚陸艦です。陸軍が〈あきつ丸〉というフネを運用しているはずですが、その拡大版と考えてくださって大丈夫かと。

二隻の高速輸送艦は、満載排水量三万トン超の大型艦。燃料、弾薬、食糧などを満載しており、前線における継戦能力の維持に必須です。

潜水艦は説明の必要もないでしょうが、昭和のそれとは比較にならない静音性と攻撃性を秘めております。この一一隻だけで、太平洋艦隊を壊滅させることも充分に可能です」

自説に対し微塵《みじん》の疑いも抱かない水谷に、豊田はこう言い放つのだった。

「大言壮語《たいげんそうご》がすぎるのではないかね。たとえ未来の機体であっても、回転翼機では速度や武装の点で固定翼機に劣るだろう。

富める国アメリカは、グラマンやカーチスを千機単位で最前線へと送りこんでいるのだぞ。制空権なきほうが敗れるのは、九〇年後でも変化ないはずだ」

数秒間だけ考えてから、水谷は回答した。

「二一世紀でも、やはり空の支配者こそが戦局を左右します。ここに提示した艦隊と航空戦力だけでアメリカを完全に屈服させるのは困難でしょう。それを承知しているからこそ、我々は地上航空基地も一緒に、この世界に引き連れてきたのです」

絶句した豊田と市来崎に、水谷は続けた。

「我々は呉を東端中央とし、南北に各一五キロ、西に三〇キロの陸地を、この時代へとタイムワープさせました。

つまり西端には岩国《いわくに》が含まれます。アメリカ海兵隊基地が置かれていましたが、二〇三三年秋の段階では、航空自衛隊が実質的に運用しています」

その言葉は真実なのだろうが、すべてを開示しているわけではあるまい。

水谷2佐の表情に明らかな戸惑いが見え隠れしていることに、人生経験の長い豊田は気づくのだった。

「航空自衛隊とは、要するに空軍と考えていいのだね。その戦力は、君が言う連合自衛隊の指揮下にあると保証してくれるか？」

わずかに眉を動かしてから水谷は言った。

「豊田大将。あなたに嘘は申しません。岩国には新旧含め、六〇機の戦闘機および支援攻撃機が配備されていますが、基地司令の鶴本塩冶《つるもとえんじ》空将補は、我々と意見をひとつにしておりません」

「一枚岩とは言いがたい状況ということか」

「そのとおりです。古今東西、陸軍と海軍が相剋《そうこく》の間柄なのは言うまでもないでしょう。

自衛隊もまた然《しか》り。陸海空のそれは、防衛省という組織で一元管理されていましたが、それでも統一指揮に問題は生じています。

さらに進むための策として、連合自衛隊発足委員会が設立されたのですが、拒絶反応を示す輩もいるわけです。

ただし、心配には及びません。勝利に次ぐ勝利、破壊に次ぐ破壊を演出すれば、鶴本空将補も我らと行動をともにしてくれるはずです」

市来崎が憤懣《ふんまん》やるかたなしといった態度で、

「内輪すらまとめきれていない段階で余所《よそ》さまに助力を請うとは、順序が違うだろう」

と言ったが、水谷はさらりと返した。

「時間がなかったのです。過去を変える以外に、令和の日本を救う手立てがないと判明した以上、見切り発車もやむをえませんでした」

高慢な物言いだが、嘘は感じられない。

おそらくこれが奴の本音だろう。そう判断した豊田副武は、こう話しかけるのだった。

「君の行動には一切の無駄がなく、最終目的へと最短路を走っていることがわかる。

ならば訊ねなければならぬ。どうして横須賀に来た？　鎮守府なら、呉《くれ》でも佐世保《させぼ》でも舞鶴《まいづる》でもよかったはずだ」

「豊田大将。あなたに会って説得するためです。東條英機《とうじょうひでき》に成り代わり、大日本帝国の総理大臣になっていただきたいのです」

変化球めいた答えだったが、豊田はこれを受け止めている自分に驚きを抱いていた。

彼は、昭和一八年師走における海軍の重鎮のひとりだ。山本五十六の戦死後、連合艦隊司令長官には豊田か、古賀峰一のどちらかが選ばれることが確実視されていた。

結果的に山本が推していた古賀に決まったが、豊田に不満はなかった。

海軍兵学校第三三卒と、古賀の先輩であったが、豊田は己を実戦派に非ずと、自己評価していたのである。

開戦直前、戦時内閣の組閣において海軍大臣の候補者となったこともあるが、東條英機を毛嫌いしていた豊田はそれを辞退していた。

軍政家として辣腕《らつわん》を振るうことを希求する豊田にとって、異人の言葉とはいえ、総理大臣という身分には心沸き立つものがあった。

「米内光政《よないみつまさ》大将をはじめ、海軍大臣から総理になった人物には前例もある。

だが、現職の強みは崩せない。東條英機は俗物ながら二年二ヶ月もの間、総理と陸軍大臣を兼任している。手腕は認めなければなるまい。

権勢の座から引きずりおろすには、クーデターでもやらかすしかないが、海軍にもわたしにも、そんな野心や余力はない……」

大きくうなずいてから、水谷は応じた。

「提督が常道と理性を大切にされる御仁であるとわかり、おおいに満足しています。あなたにはぜひとも、正攻法で総理大臣になっていただきたい。

東條英機に関しては、心配せずとも大丈夫です。自分の知る正史において、彼は昭和一九年七月二二日に辞職しております」

「意外であるな。てっきり終戦まで、その座にしがみつくかと思っていたが」

「後任は小磯國昭《こいそくにあき》陸軍大将。海相は嶋田繁太郎《しまだしげたろう》から米内光政に変わりました。そして終戦時の総理は鈴木貫太郎《すずきかんたろう》海軍大将です。歴史が路線変更したならば、あなたがその地位にいても奇妙ではありません。

東條英機は、サイパン島陥落の責任を取る格好で辞職しました。トラック島消滅でも同様の結果が得られると、我々は考えています。

連合艦隊の約半分がアメリカの新型爆弾で吹き飛んだと大本営が発表すれば、東條内閣も斃《たお》れましょう」

市来崎が顔色を変えて訊ねた。

「新型爆弾……やはり原子爆弾のことか？」

「そうです。アメリカは官民の総力を傾《かたむ》け、それを開発中です。昭和二〇年の八月に、広島と長崎に投下されたのは先刻お話ししたとおり。ならば、原爆がトラックに投下されたというカバーストーリーが描けましょう」

思わず生唾を呑みこむ豊田であった。

個々の戦場の勝ち負けで内閣が飛ぶことなどまずないが、日本本土に厄災が及ぶような要所が失陥したとなれば、話は別だ。

戦前から海軍が要衝《ようしょう》とすべく注力していたトラック諸島には、東條の首を取るに足る価値があるだろう。

「だが、それでは海軍の大失態だと解釈される。わたしが海軍大臣に選出されるとしても、総理は陸軍側から選ばれるだろう」

「いいえ。連合艦隊を半壊に追いこんでも、アメリカ太平洋艦隊を全滅させればお釣りがきます。そのための布石は打っております」

水谷が言い終わると同時に、卓上の端末が電子音を奏でた。画面には、次のような文字が表示されていた。

《シン・あ号作戦を発動す。水谷2佐は可及的速やかに、連合自衛隊本部へ帰還せよ》

「太平洋艦隊殲滅戦の第一段階が始まりました。

まずは、徹底した米潜狩りを敢行します。

太平洋戦争の敗因のひとつですから、念入りにおこないませんと」

市来崎がスマートフォンを指差して言う。

「これに通信が直接届くのか。アンテナもなしにいったいどうやって……」

「宇宙中継です。人工衛星を経由して電波を飛ばしております。連合自衛隊がこちらの世界に転移して真っ先に実施したのが、通信衛星の打ち上げです。なおこの端末ですが、豊富に準備してありますので、艦艇のすべてに提供できます」

言い終えた水谷は、豊田の目を見据えてから、懇願するのだった。

「豊田大将にお願いします。航路上の安全が確保できたのちに、自分と一緒にトラック島まで来てもらいたいのです。海上自衛隊の戦闘艦艇を実際にご覧になれば、これまでの自分の発言を支持していただけると、確信しております」

第二章　時間犯罪者の饗宴

1　サブマリン・クライシス
——一九四三年一二月一〇日

　戦後の視線で検分することが許されるのなら、太平洋戦争の勝敗を決した兵器《マシン》の最高峰に掲げられるべきは、やはり潜水艦《サブマリン》であろう。

　戦艦の砲撃戦や空母決戦のような派手さこそないが、帝国海軍の生命線を地道に、しかし確実に削り続けていたのは、海面下に潜む鉄の鯨《くじら》だった。

　だが、意外にも開戦当時におけるアメリカ潜水艦の活動は鈍かった。

　これは、配備されていたMk14型魚雷の不具合が主な原因である。

　電池駆動式のMk18型が前線に届き、潜水艦乗り《スキッパー》の練度も急上昇した一九四三年夏から、徐々に戦果はあがりはじめた。

　アメリカ太平洋艦隊の司令長官を務めるチェスター・W・ニミッツ大将自身が、潜水艦乗り《スキッパー》だった点も無視できまい。

　彼は潜水艦の利用方法を、最初から決めていた。島国を干上がらせるには、ドイツ海軍が得意としていた通商破壊戦に限ると。

　ニミッツ提督の意志は、即座に行動に移された。非武装の輸送船が最優先攻撃目標となり、撃沈された船舶の総トン数は新記録を更新していった。

　これにより日本の生命線は切断され、ボディブローのように国力を削りとられていくことになる。

ただ、実際に潜水艦に乗りこみ、魚雷を発射する乗組員からしてみれば、やはり商船よりも戦闘艦艇を屠《ほふ》ったほうが、士気は向上する。

　すべての軍艦のなかでいちばんストレスの溜まる潜水艦乗りにとって、戦意維持もまた重要な要素だ。名艦長と呼ばれる海の男であれば、それを知っている。

　ここに登場する合衆国海軍ＳＳ－１９２〈セイルフィッシュ〉艦長ロバート・ワード中佐もまた、士気の維持こそ最重視しなければならぬと考えてきた人物であった……。

「艦長。メインモーターの修理、完了しました。現在、水上速力二一ノットが発揮可能です」

　ベテラン機関長のセバスチャン・トーブ少佐が浮上航行中の司令塔に姿を見せ、南部訛りの太い声でそう報告した。

「よくやったぞ。昨日の空襲で至近弾を食らったときは、もう駄目かと思ったがな」

「ワシもいろんなエンジンを扱ってきましたけど、ゼネラル《G》モータース《M》のディーゼルは、いちばんメンテナンスが楽なんですぜ。被害が生じるのを前提に、設計してくれているのがわかりますな」

　ワード艦長は深くうなずいてから、双眼鏡を西へと向けた。水平線の彼方には、日本列島の九州が横たわっているはずだ。

　時刻は午前六時五分。日本機の姿は見えない。振り切ったと考えてよさそうだ。

「三日前に本艦を空爆したのはゼロ・ファイターですかい？」

「わかるものか。九七艦攻《ケイト》じゃないかとも思う。日本海軍も庭先を荒らされて怒り心頭だよ」

一二月七日――種子島《たねがしま》の南東三〇〇キロ付近で哨戒行動中だった〈セイルフィッシュ〉は、唐突に空襲を受け、至近弾で小破していたのだ。

修理には四八時間を要したが、トーブの努力がどうにか実ったわけである。

機関長はオイル塗《まみ》れの顔を潮風にさらしつつ、快活に言い切った。

「そりゃそうでしょうぜ。なにせ本艦は、アメリカ潜水艦で初めてジャップの空母をやっつけたんですからな」

彼の発言に嘘はなかった。第二潜水戦隊《サブロン》第二二潜水隊に所属する〈セイルフィッシュ〉は、一二月四日に帝国海軍の〈冲鷹《ちゆうよう》〉を撃沈していたのである。

客船〈新田丸《につたまる》〉を改造した補助空母だが、基準排水量は一万四五〇〇トンと、ワイドボディを誇るフネであった。

ワード艦長も大物を仕留めたと乗組員に通達し、艦内の士気は天を衝《つ》くばかりとなった。

三日後の空襲でも戦意が衰えることはなく、別の獲物を求めパトロールを続行すべきとの意見が、主流を占めていた。

トーブ機関長も継戦を強く望む男のひとりだ。

彼は意気込んで言う。

「待ち伏せを続けましょうぜ。ブンゴ水道の沖合はトラック島へ続くメインストリートですから、張りこんでいれば獲物はいくらでも来ますぜ」

「そうしたいのは俺も同じだが、真珠湾《パール》から新たな命令が来てしまった。本艦は全速でトラックへ急行しなければならん。機関長に問おう。何日で到着できる？」

「水上航行で一八ノットをキープできれば、八〇時間といったところですが、なぜトラックに？」

「陸軍機が次々に撃墜されているらしい」

己でも訝《いぶか》しがりつつ、ワード艦長は言った。

「七日の午前に、ポートモレスビーから強行偵察に飛んだＢ－17が消息を絶った。

八日は夜間飛行に切り替えたが、またしても墜とされた。

そして九日は悪天候を衝いて、四機のＢ－17が爆撃に向かったが、すべて未帰還となっている」

「そいつは奇妙だ。陸軍《アーミー》の航空隊が油断したわけもないだろうに。

Ｂ－17ならばゼロ・ファイターが出てきたとしても手酷くはやられんはず。ジャップはヒトラーから、八八《エイティエイト》ミリ高射砲でも買ったんですかね」

「ドイツ軍が北アフリカや東部戦線で愛用する、高性能な火砲だな。あるいはそうかもしれん」

ワードはトーブ機関長の顔を潰さないよう気を使ったが、内心では絶対違うと確信していた。

（……ポートモレスビーから片道約二〇〇〇キロ。護衛には、ロッキードのＰ－38が随伴していたはず。トラックは日本海軍の巣窟で、迎撃機も顔を見せたであろうが、三日で六機のＢ－17が墜落したとなれば、やはり異常事態だ。ゲーム・チェンジャーと称すべき新兵器が投入されたのか？

ドイツの高射砲では力不足だろう。この情勢下で搬入できたとも思えん……）

トーブ機関長がなおも訊ねた。

「それで我らのボス〝アンクル・チャーリー〟はトラック島まで移動し、なにをやれと？」

「潜水艦隊司令長官を渾名《あだな》で呼ぶな。チャールズ・Ａ・ロックウッド中将は、こう命令しておられる。撃墜機の搭乗員を捜索し、救助せよと」

「そりゃ妙ですぜ。トラック島のまわりには、常時九隻から一二隻の潜水艦が包囲する格好で配置されているじゃありやせんか。レスキューなら、連中に任せればいいんだ」

　機関長の言葉には間違いなどひとつもなかった。本来であれば、トラック付近には第一八潜水戦隊が陣取っている。

　パイロットの養成に時間と経費がかかることを思えば、多少の危険を冒してでも救命に赴《おもむ》くのは当然だが、すでに充分すぎる数の潜水艦がスタンバイしている。なぜ連中に命令しない？

　自問自答したワードは、最悪の可能性に行き着くのだった。

　命令しないのではなくて、もうできなくなっているからではないかと……。

　日本軍はトラック島の守備を固め、畏怖すべき手段でB－17を撃破したらしい。もしや、第一八潜水戦隊は、強行偵察機と同様の運命をたどったのではあるまいか。

　アメリカ潜水艦にとって東方への航海は故郷《ホーム》への帰還を意味しており、士気は向上するものだが、今回の前途は多難すぎる。

　朝焼けに輝く航路が、無気味な空間に見えた。

　嫌な予感がした。こういう場合は、安全を最優先するに限る。ワードはこう命じた。

「機関長、艦内配置につけ。本艦はこれより潜行するぞ」

　驚いた様子で、トーブは大声を出した。

「待ってくだせえ。ここはジャップの警戒海域の外ですぜ。哨戒機も来やしませんし、水上を走らないとトラック到着が大幅に遅れちまいます」

　第二次世界大戦当時の潜水艦は、いわば可潜艦である。必要な場面に限って潜ることもできる軍艦で、通常は水面を航行する。

無論、水中では動きが鈍くなる。サーゴ型に属する〈セイルフィッシュ〉も、潜水中は九ノットしか出せない。

すべて承知していたワードであったが、それでも抗《あらが》いがたい直感の警告に従うのだった。

「繰り返す。潜行用意。上甲板の水兵は至急艦内へ戻れ！」

艦長命令に、煙草を吸っていた非番の乗組員たちが、あわててハッチへと潜りこんだ。トーブ機関長もそれ以上は文句も言わず、姿を消した。

開戦以来、多くのソーティをこなしていただけのことはあり、乗組員の反応はすばやかった。

たちまちのうちに艦首が水没し、司令塔の根元までも海水が洗いはじめた。

艦長の責務として、いちばん最後に艦内に戻ろうとしたワードであったが、一瞬だけ視線を海上に戻したところ、なんとも嫌な代物を目撃してしまった。

浅い海面を走る、無愛想な影を。

二時方向から突き進んでくるそれは、航跡こそ確認できなかったが、魚雷《フイツシユ》に間違いない。

この海域は透明度が非常に高く、驚くべきことに魚雷本体が視認できたのだ。

だからといって手の打ちようがなかった。回避を命じる暇など与えられず、業火と爆音がワードの周囲を満たした。

衝撃で彼の体軀は空中高く投げだされた。一瞬だけ気絶したが、海面に叩きつけられたショックで意識を取り戻すことができた。

そしてワードは神を呪った。なぜこの身を失神したまま、放置してくれなかったのかと。

彼が目撃したのは、それなりに愛情を注いでいた〈セイルフィッシュ〉が一刀両断にされている末世的光景であった。

艦尾がありえない角度で空中に突きだされ、スクリューが無意味に空気を攪拌《かくはん》していた。洋上に確認できる部分は、それだけだ。

一〇秒と経過しないうちに重力に抗えなくなったのか、船体は大きく左へ傾き、水飛沫をあげて海面に激突した。

沈むフネが作りだすうねりに巻きこまれまいと、ワードは必死で泳いだ。

部下たちが彼に続くことを望んでいたが、誰ひとりついてこない。

生存者は、司令塔に出ていた俺だけか。七七名の乗組員は、全員が死んだのか……。

早くもディーゼル燃料の匂いが、周囲に立ちこめてきた。遺体を含めた搭載物が浮いてくるのも、まもなくだろう。〈セイルフィッシュ〉との定時通信が途絶すれば、ハワイの潜水艦隊司令部も捜索に動いてくれるはずだが、この太平洋の真ん中で救助が来るまで、いったい何日漂流しなければならないのだ？

（俺のフネを撃った魚雷だが、どこから来た？　天敵の駆逐艦の姿はなかったぞ。空襲でもない。敵機はいなかった。機雷の可能性もない。ならば潜水艦しか残らないが、魚雷で敵潜を撃つなど前代未聞ではないか……）

絶望と疑念に生きる気力をへし折られそうになるワードだったが、予期しない新たな要素《ファクター》の登場に、刮目《かつもく》することになるのだった。

潜水艦乗り《スキッパー》であれば、既視感のある光景だ。前方の海面が大きく盛りあがった。そこから巨軀を現したのは、異様なデザインの潜水艦だった。

ボディラインは、流線と直線が融合した格好で構成されていた。司令塔は艦首寄りにレイアウトされており、タイルでも貼られているかのような継ぎ目が目立ち、舵《かじ》らしき物体が生えているのも奇妙であった。

甲板に火砲など一門もなく、艦尾側にはX型の構造物が確認できた。

ワードが把握するあらゆる潜水艦に似ていない。サイズは〈セイルフィッシュ〉と同等か、やや小振りにも思えるが、発散される禍々《まがまが》しさは桁違《けたちが》いだった。

すぐに上甲板に水兵が登場した。濃紺《ネイビー》の作業服を身につけた彼らは、箱状の物体を投げた。

海面に浮きあがったそれは、ゴムボートへと姿を変えていく。数名が乗り移り、こちらへ接近してきた。

捕虜になる運命を甘受するワードであった。

このまま洋上で日干しになるよりも、生き残る可能性が高いほうに賭けるつもりだった。


それから五分後――ワードは不可思議な潜水艦の艦内へと通された。

驚かされたのは、艦内の明るさと通路の広さだ。また、潜水艦独特の異臭もかなり緩和されている。居住性は最高だ。行き交う乗組員たちも健康そうに思えたが、正体は謎だった。

見た目は明らかに日本人だが、ワードの把握している日本人とは微妙に違う。どちらかと言えば、欧米人の雰囲気ではないか。

手錠のまま士官室と思《おぼ》しき部屋に通されたワー

ドを待っていたのは、これまた理解しがたい人物であった。

「私は赤銅深春《しゃくどうみはる》2等海佐。本艦〈そうりゅう〉の指揮官を務めております」

流暢な英語で話したのは四〇代と思しき女性だ。背丈はワードと変わらず、黒く長い髪を結いあげていた。十分に美人の範疇《はんちゅう》であろう。

「当方が持参したアメリカ潜水艦の行動記録と乗組員の顔面照合の結果、あなたは〈セイルフィッシュ〉のワード艦長とお見受けしましたが、間違いありませんね」

どうやら手の内は知られているらしい。ごまかしても、見抜かれるのは時間の問題だろう。

「そのとおり。俺は合衆国海軍ロバート・ワード中佐だ。俺の〈セイルフィッシュ〉を沈めたのは、この潜水艦か？」

「イエス。有線誘導の一八式魚雷を命中させ、撃沈へ追いやりました。創軍以来、初の実戦ですが、満足できる結果に安堵しております。もちろん、戦争とはいえ、七七名もの乗組員を死亡させた事実には艦長として責任を強く……」

「艦長だと！　女が？　ありえない！　合衆国海軍でも看護婦や秘書、タイピストなど補助任務に女を雇用しているはいるが、戦闘艦艇に乗せたりはしない。まして艦長など絶対にありえない！」

苦笑してから赤銅艦長は言った。

「時代は変わったのですよ。私のいた世界でその台詞を口にしたなら、ポリティカル・コレクトに違反していると糾弾され、地位を脅《おびや》かされていたでしょう」

「それは貴様たちの勝手な理屈だ。合衆国にそんな奇妙な風習など、存在しない」

「ノー。ポリティカル・コレクトの思想は、アメリカが発明したと言えます。徴兵制度の再導入が難しい現状を鑑みれば、男の志願兵だけで定員を満たすことなど不可能です」

　過度なまでの自信に満ちた物言いに、ワードは疑念を絞りだすのだった。

「おまえは……日本海軍の人間か？」

　赤銅は理知的な表情を曇らせるや、小首を傾げてから言った。

「イエスともノーとも言いがたいです。正確な身分としては、海上自衛隊《MSDF》に所属してはいますが、この時代に到着した以上、もしや日本海軍《IJN》の指揮下にあるのかもしれませんし。ともあれ同盟国であったアメリカに刃を振りあげなければならぬのは痛恨の極み……」

　わけのわからない言い分に、ワードはみずからの精神を疑いはじめた。

「俺は……悪夢でも見ているのだろうか」

「ノー。見ているのは悪夢的な現実です」

「いずれにせよ、捕虜という身分に変わりはなさそうだな。日本に送られて、無理やり石炭でも掘らされるのか？」

「それもノーです。本艦はワード中佐をハワイへお連れします。こちらの要望はひとつだけ。あなたの体験を、太平洋艦隊司令長官ニミッツ提督に報告してもらいたい。

　潜水艦乗り《スキッパー》であればわかるはずです。この〈そうりゅう〉が、一九四三年の常識を超えた潜水艦であると……」

2　第一一水雷戦隊、南下す

――一九四三年一二月一五日

帝国海軍と連合艦隊は、創設以来の大波乱を存分に味わっていた。

トラック基地との通信が途絶しただけはなく、古賀峰一GF長官が行方不明になるというダブルパンチを食らってしまったのだ。

海軍大臣嶋田《しまだ》繁太郎《しげたろう》大将と軍令部総長永野《ながの》修身《おさみ》大将の両名は老齢であり、この異常事態を収拾できる器量はなく、場当たり的に現状維持の命令を繰り返すだけだった。海軍内部での支持を失って、当然であろう。

この場面で積極的な動きを見せたのが、豊田副武であった。

彼は九七式輸送飛行艇で呉へ急行し、野村直邦《のむらなおくに》中将と密談を始めたのである。

欧州よりドイツ潜水艦〈U511〉で帰朝していた野村は、ひとまず呉鎮守府司令長官に就任していたわけだが、彼もまた豊田に負けず劣らずの軍政家であり、機会主義者であった。

ひそかに嶋田海相の後任の座を狙う野村は、とある重要な機密を共有したいと、豊田から打診を受け、話に乗ったのだ。

ふたりは共謀し、トラック諸島近隣で生じたと思われる異常事態を査察するため、調査部隊として第一一水雷戦隊の派遣を提案したのである。

軍令部は渋ったが、情報収集が焦眉《しょうび》の急なのは事実だ。

豊田みずからが艦隊に同行し、その眼で確かめるとの主張を、事後承諾するしかなかった。

呉軍港にて訓練中だった戦艦〈山城《やましろ》〉、航空戦艦〈伊勢《いせ》〉に軽巡〈龍田《たつた》〉が出撃したのは一二月一一日の正午であった。

護衛に随伴するのは第六駆逐隊の〈雷《いかづち》〉〈電《いなずま》〉〈響《ひびき》〉〈早霜《はやしも》〉〈秋霜《あきしも》〉〈霜月《しもつき》〉の六隻である。

艦隊司令官の木村進《きむらすすむ》少将は、これでもアメリカ潜水艦の脅威から逃れるのは困難と評したが、珍客はそれを一言のもとにはねのけた。

「海上自衛隊の通常動力型潜水艦一一隻は、すでに戦闘行動を開始しております。航路上に米潜は存在しません。之字《のじ》運動も意味がありませんから、やめたほうが時短に繋がるでしょう」

発言者は水谷刻冬《みずたにこくとう》2佐だった。横須賀より豊田と行動をともにしている怪人物である。

木村少将とて、それを無邪気に信じるほど不用心ではないが、五日間の航海で敵潜らしきものに一度も遭遇しなかったのは事実だった。

艦隊速力二二ノットで飛ばした結果、一五日の午後には、トラック近辺に着くことができた。

そこで第一一水雷戦隊を出迎えていたのは、二隻の戦船《いくさぶね》であった……。

「軽巡らしきもの見ゆ。数二隻！　方位一三五度。距離三万六〇〇〇！」

その報告が航空戦艦〈伊勢〉の航海艦橋に入ったのは、一四時二五分のことであった。

神業の領域に達した見張りの報告は、信じるに足るものであった。豊田の目にはまだ見極められないが、綿雲《わたぐも》が張りだした南東の水平線にはフネが存在しているに違いない。

艦長の長谷《はせ》真三郎《しんさぶろう》大佐が、吠えるように命じた。

「肉眼のほうが先に見つけるとはな。電波探信儀に反応はないのか？」

標的艦〈摂津《せっつ》〉の艦長を経て、今年四月から〈伊勢〉の責任者を務める人物である。彼の疑念に応じるべく、副長が艦内電話で状況を問いただす。

すぐに和製水上レーダーである二号二型の操作員より返答が入った。

『電探に感あり。ただし、一隻のみ。繰り返す。電探にて捕捉できたフネは一隻のみ』

遣り取りを耳にしていた豊田は双眼鏡を構えた。距離が詰まるにつれ、視野に二隻の船舶が確認できるようになった。

先行するのは、高すぎるマストと軍艦色に光る船体が印象的なフネだ。それに後続していたのは、白一色で統一された病院船めいた一隻だった。

長谷艦長が苛立たしげに言った。

「手間と金をかけて設置した電探も、まだ実用域には達していないようですな。

電探技師の腕が未熟とも思えません。〈伊勢〉〈日向《ひゅうが》〉の二隻は、戦艦で最初に電探が試験装備されたのですから」

それに反応したのは、水谷2佐だった。

「対艦レーダーの二号二型は、この時代のものにしては満足できるレベルまで達しています。一隻しかキャッチできなかったのも当然。片方は電波探信儀に映らないステルス艦なのです」

聞き慣れない単語に、長谷艦長が問いかけた。

「ステルス……なんだそれは？」

「反射断面積《RCS》を低減し、電波を攪乱することで、レーダーに捕捉され難《にく》くするデザインの通称です。あれはＦＦＭ－01〈もがみ〉——基準排水量三九〇〇トンの多機能護衛艦です」

未来から訪れた二隻は、急速に接近してきた。

間合いが一万メートルを割りこむや、次第に仔細が明らかになってきた。

「見てくれは、ずいぶんとのっぺりした姿だな。主砲が単装一門しかない。あれで戦えるのか？」

「問題ありません。一七式艦対艦誘導弾が八発に、VLS——噴進弾の垂直発射装置が一六基搭載されています。対空、対艦、対潜作戦とマルチ任務に投入できる一隻です」

さらに長谷艦長が疑問をぶつけた。

「しかし、もう一隻は電探に映っているのだから、ステルス艦とやらではあるまいな。なぜ統一しないのかね。予算の問題だろうか」

「違います。後続するフネは海上自衛隊の護衛艦ではなく、海上保安庁の巡視船だからです」

「海上……保安庁とは？」

「国土交通省の外局で、密輸の取り締まりや海難救助を目的とする洋上警察です。

合衆国沿岸警備隊を手本にして、昭和二三年に創立されました。あれは瀬戸内の第六管区に所属する〈のとろ〉です」

そのとき、鋭い調子の報告が見張りから飛んだ。

「正体不明艦隊の二番艦に発光信号あり。モールス信号のようです！」

豊田はすぐさま双眼鏡を覗いた。マストで明滅する光の意味する文だが、どうやら理解できた。

『貴艦隊ハ日本国ノ領海ヲ侵犯シテイル。タダチニ退去セヨ。繰リ返ス。スグサマ退去セヨ』

歓迎されていない現実を突きつけられた〈伊勢〉の艦橋に、長谷艦長の台詞が響く。

「水谷2佐。これはどういうことだ？」

「令和から来た我々も、まだ完全な一枚岩ではないのです。

ですが、海保も帝国海軍の戦艦を見れば現実を認めざるをえないでしょう。だからこそ、豊田大将に無理を言って〈伊勢〉〈山城〉を調査艦隊に加えていただいたのですよ……」

＊

ＦＦＭ－01〈もがみ〉に先んじて第一一水雷戦隊にコンタクトを図ったのは、水谷が看破したとおり、海上保安庁のＰＬＨ－61〈のとろ〉だった。

この船名は、なかなかに大胆である。樺太《からふと》南端にかつて存在していた西能登呂《にしのとろ》岬から採用されたのだが、ロシアの反発は必至であった。

かつての日本であれば絶対に回避したネーミングながら、力による現状変更を是とするロシアと中国に対抗するには、断固たる決意が必須との世論がもちあがり、海上保安庁もその波に乗ったのだ。

船体は巡視船〈みずほ〉を手直ししたもので、全長一三四メートル、総トン数は六〇〇〇トンと、ヘリコプター搭載型の巡視船にしては満足できるサイズである。

もっとも、〈のとろ〉は常に第一線で活動しているわけではない。呉海上保安大学校で、教育任務に用いられている練習船であった。

ただ、ヘリコプター搭載型巡視船に区分されている点からもわかるように、危急の際には事件や事故の現場にも投入されることになっている。

退役した先代のＰＬ－21〈こじま〉も阪神淡路大震災で、救難物資を現地へと急送し、存在感をアピールしたのは記憶に新しい。

そして……此度《こたび》の状況は、危急そのものであった。

天災か人災かはさておき、超時空の渦に巻きこまれた呉と岩国の一部は、見知らぬ時の見知らぬ海へと投げだされてしまったのだ。

大動乱の原因を作った連合自衛隊発足委員会は、事前準備を重ねていたらしく、計画に基づいて動いていたが、蚊帳《かや》の外に置かれていた海上保安庁は手も足も出なかった。

だからこそ、自分の職責にしがみつくことで、現実から眼を逸《そ》らそうとした者もいた。

不次家満《ふじいえみつ》もそのひとりであった。〈のとろ〉船長の職にある、二等海上保安監である……。

「船長。どうか現実を受け入れてください。ここは呉でも瀬戸内でもありません。本船は、かつてトラック島が存在した海域に浮いています。それも令和一五年ではなく、昭和一八年の……」

発言者は首席通信士の旗勝次郎《はたかつじろう》一等海上保安正であった。この八日間、不次船長へ説得を続けていたのだが、努力は徒労に終わっている。

「いまは令和一五年一二月一五日だぞ。それ以外絶対にありえない。絶対に……」

不次船長は憔悴しきった表情だった。ここ数日、まともな睡眠を取っていないのが一目《ひとめ》でわかる。精神も体力も限界に近いのだ。

不謹慎と思いつつも、旗勝は考えずにはいられなかった。いっそ斃《たお》れてくれないものかと。

「それではGPSをご覧ください。北緯八度、東経一五一度です。呉とはまったく違いましょう」

「連合自衛隊の連中が打ちあげた衛星電波を拾っているのだろう。そんな数字が信じられるか」

「昨夜の天測でも判明しています。日本とは緯度も経度も違いすぎます。星は嘘をつきません」

「観測員がミスをしたんだ。そうに違いない」

「それではあれはなんです!?」

　旗勝の指差す先には、とっくに絶滅したはずの眷属《けんぞく》が、沈黙のうちに接近中であった。

「旧帝国海軍の戦艦〈伊勢〉、続くのは〈山城〉でしょう。軽巡と駆逐艦も一世紀前の代物です。あんな軍艦は、いまや世界のどの国も持っていませんよ」

　ついに言葉を発しなくなった船長へ、首席通信士はたたみかけた。

「命令どおり、さきほどからさまざまな周波数で呼びかけておりますが、返答はありません。最後の手段としてモールスを打ってみました。これでリアクションがあれば認めていただけますか？」

　旗勝が言い終わるや、巨艦のマストに有意信号が瞬《また》いた。

　やはりモールス信号だった。

　国際救難信号としては一九九九年に廃止されていたが、旗勝は通信士という職業柄、それをマスターしていたのだ。

『我ラハ帝国海軍第一一水雷戦隊ナリ。とらっく基地ヘト急行中。水先案内ヲ求ム。ナオ〈伊勢〉艦内ニ連合自衛隊ノ水谷2佐アリ』

　その通信にいち早く反応したのは、先行する〈もがみ〉であった。一三三メートルの体軀を巧みに転舵させるや、輪形陣を組む帝国海軍艦艇の前へと占位し、誘導を開始したのである。

　本来なら、巡視船が十八番《おはこ》とする業務を横取りされたわけだ。異常な状況とはいえ、お株を奪われた事実に変わりはない。

　これが決め手となったらしく、船長はがっくりと肩を落とし、念仏のように述べるのだった。

「……海上保安庁に奉職して四半世紀も経つが、

これほど無力感を抱いたのは初めてだ。悔しいが、認めるしかあるまい。

　私には、現状を解決する能力がないようだな。無理に指揮を執り続ければ、本船と乗組員を危険に晒す可能性が高まるだろう。

　旗勝一等海上保安正。君に〈のとろ〉の指揮権を委譲する。呉だかトラック島だかわからないが、海上保安大学校まで本船を連れ戻してくれ……」

　それだけ言い終わるや、船長は船橋《ブリッジ》をあとにした。旗勝は、不安げな保安学校の学生の肩を捕まえると、こう命じるのだった。

「同期の者を二名連れて、船長室に行け。下手をすると不次二等海上保安監は自殺するかもしれん。絶対に食い止めてくれ」

　現実を認めぬ船長が斃れてくれないか、とさえ願った旗勝であったが、いざ姿がいなくなると、焦りと不安が心を満たした。それを振り払うには、大声を張りあげるしかなかった。

「みんな聞いてくれ！　俺たちは、わけのわからぬ時と空間へと飛ばされた。それを理解する知恵も情報もない。おそらく何事かを知っているのは、連合自衛隊発足委員会だけだろう。

　連中は秘密主義で、やってることも虫が好かないが、いまは反目ではなく協和が必要な場面だと考える。根拠地に帰投後、すぐ協力態勢の構築を持ちかけてみるべきだ。俺だって本意ではないが、寄らば大樹《たいじゅ》の陰だからな……」

3　真珠湾の喧騒
——一九四三年一二月一六日

リメンバー・パールハーバー。

合衆国の世論を参戦へ転換させたスローガンは、開戦後二年を経過した時点でも、いささかも古びてはいなかった。

アメリカ海軍軍人であれば、その現場に降り立つだけで、戦意がかき立てられるはずだ。世界一と称せる艦隊の存在ももちろんだが、横たわったままの〈アリゾナ〉と〈ユタ〉の残骸は、忘れかけた復讐心にふたたび火をつけてくれる。

屈指の観光地として大々的に発展するのは戦後になるが、水兵にとって麗しの母港である事実に変わりはない。誰しもが帰投命令を待ちわびるのは当然であった。

しかし、中部太平洋艦隊司令官のレイモンド・A・スプルーアンスは、いささか違う感情を持てあましていたのだった。

彼は対日戦役のターニング・ポイントとなった、ミッドウェー海戦の立役者である。

アメリカが守勢から攻勢に転じたきっかけを作ったこの海軍中将は、今年の一一月後半に開始された、勝利に終わったガルバニック作戦の事後処理に忙殺されていたが、唐突にハワイ真珠湾《パールハーバー》へ帰還せよとの命令を受けたのだった。

しかも、奇妙な注文がついていた。帰路は艦船を用いず、派遣したカタリナ飛行艇を使えと。

巡洋艦を愛するスプルーアンスはCA－35〈インディアナポリス〉に将旗を掲げていた。これで堂々と凱旋したいと述べたのだが、太平洋艦隊司令長官のチェスター・W・ニミッツ大将は拒絶したのだった。

強い疑念を抱くスプルーアンスであった。

温和かつ冷静なニミッツにここまで断言させるとは、空路でないと困る理由があるはずだ。

時間がないのか、脅威への対抗手段がないのか、あるいはその両方なのか……。

スプルーアンスを乗せたＰＢＹ－５Ａカタリナ飛行艇は、一六日午前九時に真珠湾に着水した。

湾内に浮かぶフォード島に上陸した彼は、迎えの短艇に乗りこみ、太平洋艦隊司令部へと急いだ。

その際に気づいたことがある。司令部の手前は潜水艦基地になっているが、投錨中のサブマリンの姿が一隻も見えないのだ。

潜水艦隊は出撃・整備・休養のローテーションで動いている。すべて出払っている状況など、まず考えられない。

暗鬱《あんうつ》な予感を胸に秘めたまま、スプルーアンスは従卒に案内され、ニミッツの公務室へ向かう。

ノックをする前に、喧騒が響いてきた。

「それじゃあ俺の艦隊は、ヌーメアから動いちゃいかんと言うのか!?」

声音で発言者はすぐわかった。彼までもハワイに来ているとは、状況は相当まずいことになっているというわけか。

従卒がドアを開けると、予期したとおりの人物が大声を張りあげていた。

「第三艦隊は、ようやくブーゲンビル島に手をかけたんだぞ。余勢を駆って西進を続け、ジャップが根拠地とするラバウルを痛打すべきなのに、どうしてニューカレドニアなんかに自閉しなきゃならん！」

ウィリアム・Ｆ・ハルゼー大将であった。

旧友だが、再会できた喜びより違和感のほうが勝《まさ》った。

南太平洋方面軍を統率するハルゼーは、ブーゲンビル島のタロキナを制圧したばかりであり、前線では小競り合いが続いていると聞く。

デリケートなケアが必要な場面である。司令官がハワイにまで帰投する余裕はないだろう。

そこでハルゼーは、ようやくスプルーアンスの存在に気づき、片手をあげてから話すのだった。

「おまえも呼びつけられたのか。嘆《なげ》かわしくも我らのボスは、敗北主義者になってしまった。少し想定外の損害が出たからといって、全艦隊の出撃を禁止するとは！」

スプルーアンスは目配せをしてから、太平洋艦隊司令長官に向き直った。

ニミッツは短く応じる。

「レイ、お帰り。急に呼びつけて悪かった。命令のとおり、空路にて帰参したようだね」

「イエス。ビルもやはりカタリナ飛行艇で？」

ハルゼーは椅子に座り直すと、冷めたコーヒーを不味そうに啜《すす》ってから言った。

「軍艦は極力、ハワイに近づけるなとのお達しだ。ボス、いったいなにが起こってるんです？」

言葉を選ぶかのように黙りこんだニミッツへと、スプルーアンスは助け船を出すのだった。

「潜水戦隊《サブロン》に、大きな被害が出たのでは？」

深くため息をついてから、ニミッツは観念したかのように言った。

「答はイエスだ。まったくもって信じ難《がた》いのだが、この一週間で、太平洋艦隊は保有する潜水艦の九五パーセントを喪失した……」

ドイツ系移民の子孫であり、生真面目さで知られるニミッツだ。絶対にこんな冗談を言う人間ではない。

それを承知しているスプルーアンスは、事態の深刻さを悟《さと》るのだった。

現在、アメリカ太平洋艦隊には、九つの潜水戦隊が配備されている。

多少の違いはあるが、各隊には一二隻前後の潜水艦が配属され、合計一〇〇隻を超える。

旧型や練習用のものを除外しても、戦闘に投入可能なフネは八〇隻近くはあろう。三交代で投入しているから、二五隻は稼働しているはずだ。

また、潜水艦隊司令官のロックウッド中将は生粋の潜水艦乗り《スキッパー》であり、叩きあげの闘将で知られている。簡単にやられたり、戦意を失ったりする状況は想定できない。

同じ結論に到着したのか、ハルゼーが訊ねた。

「九五パーセントもの損害だって!? それじゃ、九〇隻以上のサイレント・サービスが撃沈された計算になるじゃないか。

大規模な通信障害か、潜航中で連絡が取れない可能性はないのか?」

ニミッツは首を横に振るのだった。

「私もそうだと信じたいさ。しかし、状況は常識で計り知れるレベルを超えている。だからこそ、君たち双璧《そうへき》に来てもらったのだ。正直なところ、本土にでも逃げだしたい気分だよ」

用意された椅子に着席したスプルーアンスは、上司の様子を観察した。そこにいたのは、冷静さと大胆さを兼ね備えた智将ではなく、抱えきれぬ闇に戸惑う初老の男だった。

「状況整理が必要ですな。ボス、我ら両名に仔細を話してください。対策はそれからです」

スプルーアンスのリクエストを受け、ニミッツは淡々と語りはじめた。

「事件の発端は一二月八日だ。トラック島を包囲している第二潜水戦隊の潜水艦が、次々に消息を絶った。一隻や二隻ならわからぬでもない。日本海軍の根城には、機雷も多数が敷設されているだろうから。しかし、一三隻が一日のうちに消え失せたのは異常だ。

事態を受け、ロックウッドはすぐ第一六潜水戦隊を増派した。新鋭のガトー型一二隻で構成された有力な部隊だが、全艦がトラック到着前に通信を絶ってしまった。

それればかりではない。一二日に西海岸のサンディエゴ沖合で習熟訓練中だったバラオ型が三隻もやられたかと思えば、ダッチハーバーやオーストラリアの近隣でも、行方不明となる潜水艦が続出している。

もはや損害をカウントするのも嫌になってきた。気になるのは、活動時刻から推定して、大半の潜水艦が潜航中にやられていることだ。

はっきり言おう。潜水艦隊は全滅に等《ひと》しい被害を受けたのだ。戦力復旧にどれだけの日数が必要かなど見当もつかん。ルーズベルト大統領になんと言って詫びればよいやら……」

怒りをこめた調子でハルゼーが言った。

「ただの事故や自滅ではなく、ジャップにやられたのは間違いないんだな。それも潜航中にかよ。これほど広範囲で被害艦が出ているのなら、機雷ではあるまい。東洋人《チンク》め。いったい、どんな新兵器を使ったんだ！」

スプルーアンスもハルゼーに続いた。

「新兵器……ええ、そうでしょうな。Uボートと死闘を重ね、対潜作戦では世界最強となったイギリス海軍でさえ、短期間にここまで戦果を拡張はできないはずです。

日本海軍は、我々の知りえないレベルの対潜ツールを手に入れたと評価すべきでしょう」

「ボス。まだ情報が少なすぎるぜ。目撃者は？　生存者はいないのか？」

ニミッツは暗い表情のまま、ハルゼーに応じた。

「ひとりだけいるが、彼の存在が状況をより複雑にしてしまった。

ＳＳ－１９２〈セイルフィッシュ〉の艦長ロバート・ワードだ。墜落した友軍機の捜索任務を受けてトラック諸島へ急行していたところ、魚雷にやられたらしい」

ハルゼーが疑念を発した。

「艦長がひとりだけ生き残るとは不自然だぜ」

「潜行直前に被弾したそうだ。ワードは司令塔に最後まで残っていたため、海中に投げだされたと証言している。中佐は現在、海軍情報局《ONI》の監督下にあり、尋問を受けている」

「待ってくれ。海軍情報局《ONI》が直々に取り調べてるってことは、真珠湾《ここ》にいるんじゃねえか。さっさと連れてこいよ。直接話を聞いたほうが早いぜ」

ハルゼーの発言を片手で制してから、スプルーアンスは話した。

「その前に確認しなければならない。ワード艦長は、どうやってハワイまで帰還したのだろう？

太平洋の真ん中で潜水艦が消失したのだ。遭難認定まで数日かかり、救援機が飛ぶのはそのあとになる。帰着がスムーズすぎるが……」

双璧が太平洋艦隊司令長官を凝視するや、ミニッツは悪鬼に魅入られた幽鬼のような顔で、こう告げるのだった。

「日本人が操艦する潜水艦に助けられ、ハワイまで送り届けられたと話している」

双璧は顔を見合わせ、言葉を失った。

「発見されたのは、オアフ島北岸だ。三日前の早朝、ゴムボートで漂流中だったワードを、沿岸警備隊《コーストガード》が発見したのだ」

スプルーアンスは冷静を装いつつ、こう訪ねた。

「そのゴムボートに手がかりは？」

「製造国や年度が書かれていただろうタグは切り落とされていた。用心深い相手と見なければ」

ハルゼーが訝しげに訊ねる。

「そのワードだが、信頼に足る男か？　保身のためにつまらん取り繕《つくろ》いをするような奴じゃなかろうな。ボス、ロックウッド中将を呼んでくれよ。潜水艦隊のトップに、ワード中佐の人となりを聞こうじゃないか」

悲壮さを増幅した表情で、ニミッツは言った。

「それはできないのだ。潜水戦隊壊滅という現実を受け入れられなかったらしく、ロックウッドは自殺未遂をやらかしてしまった。いまは海軍病院に入院中だ」

ロックウッドは前任者のロバート・イングリッシュ少将が去年一月に航空機事故で殉職し、急遽潜水艦隊司令長官に就任した男である。

潜水艦隊にとって状況は最悪だった。潜水艦というハードウェアのみならず、人材というソフトウェアをも失ってしまったのである。

ニミッツは訥々《とつとつ》と語った。

「現在、潜水艦隊司令長官は私が兼任している。もっとも、指揮をする潜水艦がない有様だがね」

偶然ながら、ニミッツもまた潜水艦畑の出身だ。その心中を察するにはあまりあった。

「ボス。ワードは、他になにか話していないか。ジャップに救助されたという証言が本当ならば、潜水艦の詳細を供述したんじゃないのか？」

　ニミッツは封筒から用紙を取りだした。

「証言をもとに作成させたスケッチだ。出来映えは正確だと話している」

　そこに描かれていたのは、空想上の産物にしか思えない潜水艦の姿であった。

　アンバランスなまでに大きな司令塔《セイル》に、異様な形状の尾翼らしき物体が、スプルーアンスの視線を釘付《くぎづ》けにした。

「たまげたな。ジャップにこんなフネは造れない。ヒトラーから、最新鋭のUボートをプレゼントされたんじゃないか。こいつのサイズは？」

「巨大というほどではない。ガトー型と同程度だ。ワードは士官室に監禁されていたため、艦内の詳細は見てはいないが、通路は広く、潜水艦独特の臭気もしない。

　艦名は〈ソウリュウ〉――ディープ・ブルー・ドラゴンで、ミッドウェーで沈んだ空母と同一だ。そしてもっとも驚かされたのは、艦長が女性だったことだろう」

　苦笑してからハルゼーは言った。

「そんな馬鹿な。ワードはショックで現実と虚構の区別がつかなくなったに違いないぜ。それともジャップは人材が払底《ふってい》し、とうとう女まで軍艦に乗せるようになったのかね」

「それが、女性の艦長はこう語ったと調書にある。〈ソウリュウ〉は日本海軍《IJN》ではなく、海上自衛隊《MSDF》という組織に所属する潜水艦だと」

「ますますわからん。だが、そいつらがジャップで倒すべき相手であれば問題ないだろう」

　ハルゼーの断言に、スプルーアンスも便乗するかのように言った。

「ボスが我々を真珠湾まで呼びつけたのは、愚痴を聞かせるためではないでしょう。いかにして状況を打破するか、知恵を絞れと命じておられる。そう解釈したうえで自説を述べたい。

まず敵軍《エネミー》は我々の潜水戦隊を壊滅に追いこめるスーパー・ウェポンを運用している。そして、その事実をアメリカに伝えようとしている。この二点を認めるところから推論を進めたい」

うなずいてからニミッツが言った。

「同感だ。苦すぎる事実だが、受け入れなければ前に進めない」

「俺たちに伝えようとしている？　ああ、ワードを解放したのは、そのためか。極秘にしたけりゃ捕虜にして返さないだろうからな」

それを受けてスプルーアンスは告げた。

「慈悲やサムライ・スピリッツの具現化ではない。彼らは、そうする必要性に迫られて行動したはず。それから逆算すれば、敵の本音が見えてくる」

ニミッツが言葉少なに訊ねた。

「疑心暗鬼に陥《おちい》らせる気だろうか？」

「ノー・サー。もう一歩先を読むべきでしょう。これだけ一方的に、アメリカ潜水艦隊を殲滅できるだけの力があるのです。その気になれば空母や戦艦を屠るのも可能なはず。なぜそうしなかったのか？」

即座にハルゼーが答えた。

「弾が足りないんじゃないのか。サイズ的には、こっちの潜水艦と大差ないんだ。搭載できる魚雷の数も似たようなものだろう。撃ち尽くしたら、母港に戻るしかないだろうさ」

「それも考えられる。しかし、私は別の可能性を提示したい。日本軍は、合衆国との大規模な決戦を望んでいないのではあるまいか。

標的を潜水艦に絞ったのは、水上艦はまだ見逃してやるから和平交渉の窓口を準備しろ、という忖度《そんたく》を期待しているのではないだろうか。

不敵に笑ってからハルゼーが言う。

「だとしたら、甘い連中だぜ。俺の手元にそんなスーパー・サブマリンがあれば、問答無用で全艦を撃沈し、トーキョー湾に殴りこむがな」

双璧の台詞を聞いたニミッツは、かすれた声で訊ねるのだった。

「相手の行動原理がスプルーアンスの推論したとおりだとして、打つ手はあるかね？」

勢いこんだ調子でハルゼーが語った。

「戦争は敵の嫌がる行為に突き進むのがベストさ。ジャップが大規模な決戦を拒否しているのなら、こっちから仕掛けてやろうじゃないか」

表情を暗くしてからニミッツは応じる。

「海面下のモンスターは実在するのだ。闇雲に動けば、大敗北は必至。そうなれば私も、前任者のキンメル提督と同様に罷免《ひめん》されよう」

弱気な物腰に、スプルーアンスは静かに、それでいて力強く断言するのだった。

「ハルゼー提督の意見に賛同します。どんな悪魔的な発明を日本が成し遂げたところで、詰まるところは人間の作ったモノにすぎません。付け入る隙《すき》はあるはずです。

考えますに、敵が保有するスーパー・サブマリンの数はあまり多くなく、簡単に補充もできない。物量作戦では合衆国が有利なのは確実なのですから、ここは被害を無視し、敵に出血を強いるのがベターかと」

ニミッツは腕組みをしてから、台詞を絞りだした。

「攻撃こそ最大の防御という格言が事実か否かを、実証せねばならぬのか。それでどこを攻める？」

間髪を入れずにハルゼーが叫んだ。

「ジャップ艦隊の隠し砦――トラック島しかありえないさ！」

続いてスプルーアンスも同意して語る。

「潜水艦の航続距離から逆算して、前線基地にスーパー・サブマリンを配備するのは自然の流れでしょう。

またトラック島では、陸軍の強行偵察機が多数撃墜されているそうですな。隠したい秘密が存在すると断定してかまわないかと」

ハルゼーとスプルーアンスに対し、絶大な信頼を抱いていたニミッツは、両雄の言い分を疑いもせず、こう言ってのけたのだった。

「攻撃作戦の新しい案を出してくれ。本来ならば来年二月に空爆から作戦を開始する気だったが、いったん白紙に戻そう。私がワシントンから戻る前に、レポートを完成させておくように」

苦味走った顔でハルゼーが訊ねた。

「大統領に謝罪するためだけの出張ですかい？」

「いや……もうひとつある。ロスアラモスで研究中の新型爆弾の完成を急がせなければ。敵が秘密兵器を投入してきたのだ。こちらも秘密兵器を、早急に保有しなければなるまい」

スプルーアンスは直感するのだった。戦争が別のフェイズに突入した事実を。

とうとう〝終わりの始まり〟がスタートした。

兵器と呼ぶのも烏滸《おこ》がましく、同時に恐ろしすぎる爆弾が実用化されたなら、その投下先はトラック諸島になるだろうと……。

４　見知らぬ軍港

——一九四三年一二月一六日

帝国海軍軍人であれば、横須賀、呉、佐世保、舞鶴の四大鎮守府の地形は熟知している。

豊田副武《とよだそえむ》もまた然《しか》り。航空戦艦〈伊勢〉に座乗していた彼は、トラック諸島が存在していたはずの地に君臨する軍港を、ひと目見るなり理解した。

ここは、正真正銘の呉軍港であると。

時代が遷《うつ》ろおうとも、地勢だけは変わりようがない。大きな違いは灰ヶ峰《はいがみね》の姿が見えないことくらいか。戦艦〈大和〉を完成させた海軍工廠も、そのままの場所にあるようだ。

違和感としては、街並みが全体的にケバケバしくなり、溢《あふ》れるほどの車が走っている点であろう。

また投錨している艨艟《もうどう》の姿も、帝国海軍のそれとは明らかに異質なものばかりであった。

大型艦は空母だけだ。残りは重巡か軽巡級ばかりで、色味もいわゆる軍艦色ではない。やや明るいグレーで統一されている。

心強いのは戦艦〈武蔵《むさし》〉および軽巡〈大淀《おおよど》〉の姿が確認できたことだ。外見上は一切変わりないように思えた。旭日軍艦旗が掲げられているのは、拿捕《だほ》されていない証拠だろう。

現地時間夕刻五時五分。第一一水雷戦隊は水先案内の二隻——汎用護衛艦〈もがみ〉および海上保安庁の〈のとろ〉に導かれて幻の呉に到着し、沖合に投錨した。

今日《こんにち》の事態を想定していたらしく、すぐに短艇が各艦へと駆け寄ってきた。旗艦の〈伊勢〉にも接舷するや、連絡員らしき人物が乗りこんだ。

やがて相手は、艦橋に姿を現した。

「水谷刻冬《みずたにこくとう》2佐。ご無事でなによりです」

「通信士の君が来てくれたのは、まさに適材適所だ。犀川好嗣《さいかわよしつぐ》3尉。例のモノは持参したかな」

「二〇台確保しました。充電器とコネクターもあります。旧海軍の軍艦でも使えるはずです」

犀川は背中のバックパックから紙箱を取りだし、水谷に手渡した。中には、二一世紀を生きる人間にとっての必需品が入っていた。

「豊田大将。これはあなた専用のスマートフォンになります。連絡用にお持ちください。使い方は追って説明しますが、まずは上陸して、統合幕僚長と面談していただきます」

有無を言わせない水谷の断言に、豊田は少しだけうなずき、こう訊ねるだけだった。

「統合幕僚長とは？」

「陸海空自衛隊の最高位者です。海軍次官に匹敵する立場と評してよいでしょう。この時代に漂着した令和日本の総指揮官であり、自分たちはその命令のもとに動いております」

「名前は？」

「望壁《もちかべ》渚《なぎさ》空将――今回の刻駕計画の発起人のひとりであり、真の憂国者です。到着しだい、豊田大将を呉地方総監部第一庁舎にお連れせよと指示を受けています。望壁空将は、そこで話がしたいと希望しておられるのです」

それに反応したのは、長谷真三郎艦長だった。

「聞き馴染みがないが、空将とはなんだね？」

「空軍大将とお考えください。統合幕僚長は、陸海空の自衛隊から持ちまわりに似た格好で選定されることになっております。令和一五年の段階で望壁空将がその地位にいたのは、不幸中の幸いでした。

長谷艦長。連絡将校として犀川3尉を置いていきます。残りのスマートフォンを〈伊勢〉首脳陣にも配布しますので、ご活用ください」

すぐに犀川は一礼すると、長谷大佐に向かって、こう言うのだった。

「艦長にお願いします。甲板にスクリーンの準備をしていただけませんか。乗組員に昭和、平成、令和の時代を説明する映画を持参しましたので。それさえ観ていただければ、明日の朝に上陸許可が出せます」

豊田副武は水谷2佐と一緒に〈伊勢〉を降りた。不安はあまりなかった。少しばかり様子は異なっているが、なんと言っても母港の呉である。

海軍士官にとって第二の故郷の江田島《えたじま》も確認できた。こうなれば異常事態の一部始終を見極めてやらねば。

その覚悟で上陸した豊田であったが、目的地は徒歩五分とかからない場所であった。

赤煉瓦《あかれんが》と御影石《みかげいし》を巧みに組み合わせ、天井にドームを有するそれは、帝国海軍軍人にとってやはり馴染みの深い建造物だ。

「呉鎮守府庁舎ではないか。令和の世界でも使われていたとは驚きだ」

豊田が洩らした声に、水谷はうなずいてみせた。

「呉地方総監部として活用されています。概観は昔のままですが、補修や耐震工事は何度もおこなわれております。歴史的な建造物ですから、大事にしませんと」

歩哨の立つ門扉を潜ると、記憶どおりの佇《たたず》まいが出現した。陸上、海上のどちらから接近しても大丈夫なように正面玄関が両方に設けられ、裏表のない建造物となっている。

　貴賓室に通された豊田は、そこで待ち受けていた男と面会するのだった。

「空将の望壁渚《もちかべなぎさ》です。現在、すなわち一九四三年一二月において、連合自衛隊発足委員会の統括指揮を執っています」

　若いというのが第一印象だった。まだ五十路《いそじ》にもならぬのではあるまいか。

　背はすらりと高く、肌には染みひとつなく、髪は黒々としている。総身から放たれる気迫は壮年のそれを思わせた。

「豊田大将にお目にかかれて光栄の至り。まずは、ご足労に感謝いたします。どうか手を携えてアメリカ艦隊を撃破しようではありませんか」

　一礼してから、豊田は話した。

「水谷2佐から状況説明は受けています。帝国海軍は常に友軍を歓迎しますが、その前に腹を割って話をしなければ。とりあえず、望壁空将は何歳ですかな？　ずいぶんと若く見えますが」

「あなたの現年齢と同じです。五八歳ですよ」

　にわかには信じられない返答だ。微かな笑みを見せつつ、望壁は言った。

「令和一五年から、自衛隊も定年が六五歳になりましてね。まだまだ奉公せねばなりません。入営する若者は減るいっぽうで、定数を満たすのが難しくなっているのです」

「徴兵拒否がそんなに多いのですか？」

「いいえ。徴兵そのものがありません。自衛官は全員志願者です。軍人が専門職になりすぎた結果、素人を前線へ投入するのは不可能になりました」

「徴兵制度を復活させようという動きはなかった

のですか？」

「左翼系野党は、毎年のように与党が勝つと徴兵が始まると言い続けていますが、兆しは皆無です。なにせ徴兵などすれば、次の選挙で負けてしまいますから。投票率は女性のほうが高いですし」

飄々《ひょうひょう》とした物言いに、豊田は警戒した。

こういう自然体を極めた男から、本音を引きだすのは難しい。

「令和が自由選挙で動いている事実を知り、おおいに安堵しました。それで、令和の呉軍港をトラックに転移させるという無茶な真似は、国民的な同意を得られた結果の選択ですか。見たところ、この街には一般市民らしき姿も大勢いますが」

「それを訊かれると痛いですな。正直に申しあげますと同意は得られていません。独断専行に限りなく近いスタイルで、刻贇作戦は発動されました。令和日本を救うのに他に方法がなかったとはいえ、鬼道に奔《はし》ったのも事実です。

結果がすべてを補塡するとは考えていますが、勝利のあとで責任も取らなければ」

「意に反し、この呉に残留したままの非戦闘員は、何名ほどいるのです」

「およそ二三万の呉市民のうち、昭和に連れてきてしまったのは一万人です。阿多田島《あたたじま》に建設した高速増殖炉に事故が生じたというフェイク情報を流し、大多数を脱出させておきましたが、避難を固辞する者がいたわけです」

「計算外の人員ですか。あなたが、こちら側に接触を図った理由のひとつと推察しますが？」

「ご名答です。電気はなんとかなりますが、そのうち食糧が底を尽きます。

インフラの維持に……失礼、産業および生活基盤の維持に必要な最低限の軍属を残し、他の一般人は内地に避難させたいのです」

「未来から時間の流れを遡航《そこう》したという水谷2佐の言葉が本当ならば、もういちど時間旅行を実施して、非戦闘員を令和に送り返せばどうか？」

「ああ……それは無理というもの。粒子とその反粒子の性質が同一な特別な粒子、すなわちマヨラナ粒子の存在証明をきっかけに時間遡行の研究が始まりましたが、それには時空間に点在するビッグ・ウェーブ的な特異点にフリーライドしなければならず、そのチャンスは百年に一度あるかないかです。一九四三年一二月七日こそ、千載一遇の好機でした」

「ええと……くわしい点は理解できませんが、つまり、もう誰も帰れず、もう誰も来ないと？」

「そうです。我々は昭和一八年師走に巻き戻された歴史を生き抜くしかありません。

　巻き添えを食った一般市民には気の毒ですが、現実を受け入れてもらうしかないのです。内地に戻ると同時に、苦労が始まるでしょうが、どうか格別なご高配を賜《たまわ》りたい」

「どうしても日本本土に連れていかなければならんですかね。一万人と言えば、受け入れ先を探すだけで一苦労。同じ日本人とはいえ、妙な知識を持つ未来人と交われば、混乱は必至でしょう」

　望壁は真剣な眼差しを形成して言った。

「ここはすぐ戦場になるのです。疎開させなければ犠牲者が出ます」

「連合軍がトラックを攻めると？」

「昭和一九年二月一七日です。空母九隻で構成されたスプルーアンス機動部隊が空襲を仕掛け、二日の戦闘でトラックは基地機能を全損します。連合艦隊主力は間一髪で脱出に成功しましたが、それ以降はアメリカからも放置され、戦略的価値は零と成り果てるのです。

日本の敗戦は水谷2佐からレクチャーがあったと思いますが、戦後史もあまり自慢できるようなものではありませんでした。すぐに合衆国とソ連の冷戦が始まり、日本はアメリカの核の傘に自閉してしまったのです。

中東とベトナム、アフガニスタンなどで代理戦争と呼ばれる激突が続き、数百万単位の戦死者が計上されています。

アメリカは力による平和を訴え、ソ連崩壊まではそのお題目も有益でしたが、経済支配に拍車がかかった二一世紀を迎えたのちは、金満国家と言えども贅沢な戦争はできなくなりました。

合衆国は無責任にも、保安官としての役目を放棄してしまったのです。

そこで我らは決意しました。天地の理《ことわり》をねじ曲げてでも戦後を歩み直し、もっとマシな二〇世紀を作りあげようと」

それは、おそらく真実なのだろう。

少なくとも彼らの歴史のなかでは。

そう確信した豊田は、別の切り口から攻めることにした。

「帝国海軍が協力を拒絶すれば連合自衛隊とやらはどうなるのだろうか。我らは〈大和〉を筆頭に、連合艦隊の主力を強奪された。いわば被害者だ。加害者の願いを叶える道理があるだろうか」

蠱惑《こわく》的な微笑を携えてから、望壁は言った。

「僕は時間犯罪者です。そして、この世でももっとも回避すべきなのは犯罪者を恫喝《どうかつ》すること。そうお思いになられませんか？

我らは世界中の海軍を敵にまわしても、それを打ち破るだけの戦力を保持しているのです。アメリカ太平洋艦隊はもちろん、帝国海軍の残存部隊も瞬時に殲滅できます。どうか、その事実をお忘れなきよう」

淡々と語り続ける望壁の様子に、人外の雰囲気を感じ取った豊田は、内心でこう思うのだった。

この男、本当に日本人なのか？　いや……そもそも本当に人間なのだろうか。

「私を脅迫でもするつもりか？　非道に逆らって命を失うのであれば、それも本望だぞ」

「いえいえ。豊田大将は長生きなさいます。昭和三二年に七二歳で病没と記録にあります。しかし心配は無用です。令和の医療技術をもってすれば、たいていの疾病は治癒可能ですから」

死期を明言されてよい気分のする者などいない。怯《ひる》んだ隙に、望壁は言葉を重ねてきた。

「連合自衛隊は同盟先を模索しています。もちろん最善の相手は帝国海軍ですよ。アメリカ太平洋艦隊の潜水艦を壊滅に追いこんだのは言わば手付けですね。ここで一考されたい。我らが米空母をあえて攻撃しなかったのはなぜでしょう？」

あえて沈黙を保った豊田に、望壁は言った。

「アメリカは合理性を重んじる国です。手を組むに足ると判断したのであれば過去など問いません。また価値なしと判断すれば非情に切り捨てます。僕らは七〇年以上続いた日米安保条約で、それを思い知りました。

だからこそ考えるのです。帝国海軍が連合自衛隊を拒絶されるのでしたら、アメリカと接触する方法もあるなと。

その場合、ワシントンＤＣを軸とした戦後史を書き直す格好となりますが、データが多いぶん、かえってスムーズかもしれませんし」

背徳の香りを漂わせながら告げた望壁に、豊田は軍政家としての本性を刺激されるのだった。

「断り切れない条件を先に出すとは君はなかなかの策士と見たぞ。望壁渚空将」

「僕はこの旧呉鎮守府庁舎と同様、裏表のない男。あなたもそうだと信じています。豊田副武大将」

「ならば、利用し尽くしたほうが得策というものだな。避難民の受け入れはなんとかする。北海道、沖縄、もしくは台湾に分散して疎開させればよい」

「それで結構です。代価として、アメリカ太平洋艦隊の空母を殲滅してご覧に入れます。そのために、もうひとつお願いがあるのです」

「なにかね？」

「米空母を吸引する囮部隊がどうしても必要です。小《お》澤《ざわ》治《じ》三郎《ざぶろう》中将と第一機動艦隊を、トラック島まで増派してください」

第三章　チャイナ・シンドローム

1 女独裁者

——二〇三三年一二月一〇日

未曾有《みぞう》の国難に直面した際、思い切って女性をトップに指名し、危機を乗り切ったケースは歴史上いくつか散見される。

邪馬台国の卑弥呼《ひみこ》やイングランド王国チューダー朝のエリザベス一世が好例だが、常に難局を打破できる保証はない。逆に国を滅ぼした者も多数にのぼる。

とはいえ、女性政治家自体が悪いわけではない。

悪人、または悪女が権力の座に就く確率など、常に二分の一なのだから。

ただし、悪女列伝に連ねるべき者を収集して、気づくことがある。

なぜか、中国に前例が多いのだ。

前漢の呂后《りょこう》、史上唯一の女帝である則天武后《そくてんぶこう》、清国の西太后《せいたいこう》の三大悪女が有名だが、二〇世紀となり、共産党が天下を獲ったあとも実例が見受けられる。

毛沢東《もうたくとう》の妻江青《こうせい》や、林彪《りんぴょう》の妻葉群《ようぐん》の名誉が回復されることは、絶対にないだろう。

そして二一世紀も三分の一が経過しようとしている現在、中華人民共和国はトップに女性を迎えていたのである。

則天武后に続く中国第二の〝女帝〟として、中央委員会総書記の座に据わった女の名は趙静蕾《ジャオジンレイ》といった……。

＊

『……過ぎる一二月七日、広島県呉を襲った大規模な災害は、七二時間が経過した現在でも全容が解明されていません。

　地震なのか？　津波なのか？　原発事故か？　あるいは、それらの複合かもしれませんが、私たちＧＮＮジャパンも真相を摑みかねています。

　日本政府は、放射線被曝の危険が極めて高いと公表し、自衛隊以外の呉入りをシャットアウトしています。また諸外国から打診された救援の申し出も、すべて拒絶し続けています。

　呉へと向かう線路、鉄路、空路、水路はすべて封鎖されており、情報は極端に制限されているのが現状です。各国の情報収集衛星が撮影しているはずですが、公開に踏み切った国や団体はひとつもありません。

　阿多田島《あたたじま》で試験稼働中の高速増殖炉モンジューが制御不能に陥ったという真偽不明の情報もありますが、さきほど国際原子力機関《IAEA》が発した公式声明によれば、日本本土上空で観測された放射線量は自然界のそれと大差ないとのことです。

　この事態に陣頭指揮を執るべき山本哲郎《やまもとてつろう》総理は、八九歳という高齢が響いたのでしょうか、過労で心臓を患《わずら》い、昨夜入院を余儀なくされたと官房長官から発表がありました。

　もしや、私たちは日本という大国が崩壊していく現場をリアルタイムで目撃しているのではないでしょうか。そんな気がしてなりません……』

液晶モニターに映しだされたネットニュースは、先刻から同じ内容をリピートするばかりだった。

ラフな格好で豪奢な椅子に座る趙静蕾は、飽きることなく画面を見つめていた。

唇には、明らかな笑みが形成されている。理性が邪魔しなければ、好好《ハオハオ》と叫びながら踊りだしたいくらいだ。

（……対岸の火事とは本当に面白いわね。それが憎みてあまりある小日本《シャオリーベン》なら尚更《なおさら》よ。ついでに言うならば、あの災害は中国共産党の威嚇に怯えた結果であり、それを知る者はこの世で五指に満たないんだから、もうたまらないわ……）

口に出しても言いたかったが、それだと愉悦が薄れてしまう気がした。いまは心で反芻《はんすう》するだけで辛抱するべきだろう。

その日、趙は北戴河《ベイダイホー》の別荘にいた。北京《ペキン》から東に二七〇キロ離れた河北省にあるリゾートだ。

共産党の長老たちが集う避暑地だが、師走には冷えるため、小言を言う年寄りなどいない。中国でもっとも寒い街である漠河《モーホー》出身の彼女にとって、一二月の北戴河の気温など生ぬるかった。

中央委員会総書記――つまり国家主席しか入居できない別荘は、贅を尽くした内装が施されているだけでなく、電脳技術も中国最強のものが準備されていた。

その気になれば、投影式３Ｄアバターを用いて、全人代にリモート出席することも可能だ。首都の中南海では寝首をかこうとしている政敵がわんさとおり、思索に耽《ふけ》る余裕などない。

趙はここを根城に第二列島線確保の秘策を練るのだった……。

趙静蕾は弱冠四八歳であり、最年少で国家主席のポジションを掌中に収めた傑物だった。

その過程も実に興味深い。弾けた不動産バブルの取り繕いがとうとうできなくなり、国庫破産の責任を取る名目で辞任した習近平《シージンピン》だが、趙はいきなり後継者に指名されたのではない。間に意外な人物を挟んでいた。

宇宙飛行士から政治家へと転身した叶志剛《イエジーガン》だ。まだ四〇歳という若輩ながら、共産党重鎮たちの支援を一身に集めており、また国民からの支持も圧倒的だった。

神舟《シエンジョウ》一九号に乗りこみ、甘いマスクで宇宙遊泳をおこなう映像が繰り返し放送され、新世代の指導者として国際的評価も高かった。

もちろん院政を敷く長老たちからすれば、担《かつ》ぐ神輿《みこし》は軽いほうがよい。

政治経験の薄い叶は実質的に操り人形にすぎず、それ経済政策など実務能力は皆無に近かったが、それでかまわなかった。

中国が置かれている状況を解決できる人間など、この世にはいないとの共通認識があったためだ。

叶に求められていたのは、燻《くすぶ》り続ける国民の不満をそらす効果であり、時間稼ぎとしての繋ぎにすぎなかった。

二度のデフォルトを経験した中国経済は、もう自力では再起不能であった。状況を打開するには、力による現状変更しかない。

そんな結論に行き着いた中共首脳部は、教育、医療、福祉といった優先事項を置き去りにして、軍拡に突き進んだ。

合衆国の政治的凋落が顕著となり、ミリタリーバランスの均衡が破られたと判断された二〇三一年夏に、叶志剛は用済みと見做《みな》された。

　彼は国家主席の座にありながら、宇宙飛行士として現役に復帰し、有人月面着陸を目指す〝姮娥《ヘンオー》計画〟に搭乗員として参加した。空前絶後のサプライズ人事だったが、国内外の視線を吸引するにはうってつけだった。

　強国中国をアピールする好機であったが、ここで悲劇が発生した。

　叶が単独操縦する月着陸船だが、ティコ・クレーター内部へと降下し、脚部が月面に触れた直後、横転してしまったのだ。

　爆発こそしなかったが、連絡は完全に断たれ、救援する方法もなかった。叶志剛は月で死亡した最初の人間となり、その名は歴史に刻まれた。

　この事後処理でおおいに名をあげたのが趙静蕾であった。親の後を継ぎ、三〇歳で政界入りしていた彼女は、二〇二九年の全人代で国務院副総理の地位を獲得していたが、叶志剛の死の責任を他国に求めることで、中共首脳部の評価を勝ち得たのだった。

　標的として難癖をつけられたのが台湾である。

　月着陸船に用いられていたチップセットが実は世界屈指のメーカーである台湾積体電路製造《TSMC》から提供されたものであり、それに悪意がこめられた妨害機能が内包されていたと。

　台湾の隠謀で着陸計画は失敗に終わり、叶志剛は殺されてしまったのだと。

　証拠もなにもない妄想だが、マスコミがいっせいに書き立てた結果、中国国内の世論はそれが真実だと受け入れ、拡散が始まった。

　趙は時の人となり、長老たちは新たなる神輿の登場を歓迎した。

二〇三一年秋の全人代で国家主席に選出された趙静蕾だが、たしかに悪運は持っていた。

その年の大晦日――台湾を大地震が襲ったのである。

午前七時にマグニチュード七・九という規格外の揺れが全土を襲い、死者行方不明者は三四万人を数えた。

インフラがことごとく潰されるなか、驚くべきことに人民解放軍は夕刻から上陸作戦を強行し、朝までに西岸主要都市を制圧してしまったのだ。

救助ではない。侵攻だった。

台湾の中華民国軍は、最初から組織的抵抗などできず、各個に討ち取られていった。趙が予想したとおり、合衆国と日本は注意深く見守るだけで干渉はしなかった。

正確には、できなかった。

電光石火の早業に対応する暇がなかったのが真相であり、ワシントンと東京が遺憾の意を表したころには、既成事実ができあがっていた。

ここに台湾は、完全に占領下に置かれた。

北京が欲した半導体工場は地震と戦火で全損しており、国有資産も大半がデジタル通貨に置き換えられ海外に流出していたのだが、もはやそんなことはどうでもよかったらしい。

実入りの伴わない電撃的勝利だが、中共はおおいに酔った。

その立役者となった趙静蕾は、毛沢東以来の英雄と称され、権勢は最高に達したのである……。

趙は得意の絶頂にあった。

地震という天の助けを借りたとはいえ、台湾に進軍命令を下し、見事に統一を成し遂げたのだ。

一四億の中国人民だけでなく、八五億超の人類のなかでも最高の達成感を抱いていた。

　そして趙の野心は限界も留まるところも知らなかった。党是である第二列島線の確保こそ、国家主席としての次なる使命だ。

　沖縄解放――数百年にわたって日帝に虐げられた琉球民族を圧政から救いだし、共産党が導いてやらなければならない。それが、国家主席に課せられた崇高な義務である。

　趙の野心だが、思いこみや誇大妄想ではない。実現に向け、四半世紀前から着実に布石は打たれていた。

　留学や技能実習制度を悪用し、沖縄に工作員を大量に潜入させていたのだ。

　平和活動を隠れ蓑《みの》にした反米運動が実り、日米安保が大幅に見直された結果、米軍基地は次々に返還されていった。跡地には自衛隊が入ったが、戦力は目減りしたと判断してよい。

　だが、台湾制圧という偉業は、日本政府にとって恐怖そのものである。彼らは海軍力を強化し、沖縄の防備にあたらせようと試みた。

　F－35Bを搭載すべく軽空母へと大改造された〈かが〉〈いずも〉だけでなく、基地攻撃能力を附与された新型イージス艦も厄介だった。

　もともと中共軍は、殴り返されることを想定していない。先制攻撃を愛し、常に相手を殴りつけることに眼目が置かれている。

　だからこそ本土空爆の可能性は芽のうちに摘み取らなければならない。

　基準排水量一万二〇〇〇トンの〈ふそう〉〈やましろ〉も怖いが、新型の〈やまと〉〈むさし〉は全長二〇九メートル、全幅三九メートル、基準排水量二万二〇〇〇トンの巨艦である。

垂直発射装置《VLS》にはアメリカから爆買いした巡航ミサイルのトマホークが満載状態だ。飽和攻撃を仕掛けられたならば、迎撃手段に乏《とぼ》しい中国は大打撃を蒙《こうむ》るだろう。

ここで趙静蕾は、孫子《そんし》の兵法にある〝戦わずして勝つ〟を実践したのだった。

水面下で露骨な内政干渉を繰り返し、やまと型イージス艦の自主廃棄を迫ったのである。

侵略兵器を搭載した〈やまと〉と〈むさし〉の二隻を処分しなければ、大阪か京都に向けて弾道ミサイルを誤射してしまう可能性があると。その弾頭は、核である可能性も少なくないと。

モニターに映しだされている呉の惨状は、恫喝の結果に違いない。趙は満足げに思いを巡らせるのだった。


（……威嚇して本当によかった。広島と長崎という悪夢を克服できない日本は、核でちょっと脅かしただけで、なんでも言うことを聞くわ。

やはり核の威力は絶大。イスラエルが覇権国家となれたのも、いまは亡き北朝鮮があれだけ延命できたのも、やはり核を持っていたから。

核による安寧。核による平和。核による支配。

私たち中国共産党は宗教を唾棄《だき》するけど、核爆弾を神として崇める宗派なら設立してよいかもしれないわね……）

湧き起こる優越感を弄《もてあそ》んでいた趙だが、不意に卓上のコンソールが電子音を奏でた。

それは緊急電の合図である。指先でコマンドを送ると、男の胸像が3Dグラフィックで宙に描きだされた。

『国家主席。ご休息のところ、申しわけありません。至急、お耳に入れなければならないデータを入手いたしましたもので』

　筆頭科学顧問にしている劉李明《リウリーミン》だった。合肥《ごうひ》の中国科学技術大学を次席で卒業したあと、美国《アメリカ》のマサチューセッツ工科大学《MIT》に進学した天才だ。

　叶志剛が月面で死亡した際、趙の意に添う調査報告書を提示してきたため、それ以降、重用している。また独身で子供もいない趙にとって、手慰みに囲う愛人のひとりでもあった。

「いいわよ。本当はここ北戴河まであなたも連れてきたかったけれど、お爺ちゃんたちにバレたら面倒でね。だからこそ、専用の緊急回線を用意しておいたの。それで急ぎの用件って？」

　生真面目な表情のまま、劉は応じた。

『呉市の状況ですが、昨夜打ちあげた偵察衛星が、ようやく画像を送ってきました』

　待ちわびた一報だった。人民解放軍のなかで、宇宙およびサイバー空間は情報支援部隊が担当している。偵察衛星の監督も、彼らの責務だ。

　当然、日本の異変も宇宙からの眼ですばやくキャッチしなければならないが、なかなか満足できる画像が得られなかった。

　宇宙空間が、物言わぬ戦場に変貌していたためである。

　どの国も表立っては言わないが、人工衛星を始末するキラー衛星を飛ばしている。物理的な破壊だけでなく、黒客《ハッキング》で機能不全に陥らせるのも日常茶飯事だ。それでいて互いに事故や故障を装っているのだから、これ以上の茶番もない。

「新型量子電脳を搭載し、数分おきにOSを別物に入れ替える細工が実ったのね。劉、よくやったと褒めてあげるわ。それで映像は？」

すぐさま劉の横に画像が現れた。３Ｄ投射映像だが、タブレット端末と変わらないまでの解像度で、仔細まで判別できる。だからこそ、違和感にすぐ気づくことができた。

「……これはどういうこと？　瀬戸内海の一角とは別の場所に思えるけれど？　呉の周囲はこんな様子だったかしら？」

『ご明察のとおりです。緯度と経度は間違いありませんので、これは現在の呉軍港を捉えた一葉となりますが、まるで地形が丸ごと入れ替わったかのようです』

「どう解釈すべき？　岩国米軍基地には核弾頭が保管されていた時期もあったし、日本は核で呉を焼いたのかしら」

『我が優秀な諜報員の報告では、合衆国海兵隊が撤収する際、ネジ一本に到るまで美国《アメリカ》製の武器を持ち去ったとあります。非核三原則とやらでみずからの手足を縛る日本に、核弾頭は一発も存在しておりません』

「それじゃあ、原発が爆発したんでしょう。事故を演出して、その隙にやまと型護衛艦を処分するとの漏洩情報もあったけれど、チェルノブイリみたいに制御に失敗したとか？」

『国家主席。事態はそう単純ではありませんぞ。報道でもあるとおり、放射線反応が検出されないのですから、核の可能性は無視すべきです』

「なら写真そのものが間違っている危険性を考えなければ。速攻で新型の監視衛星が黒客《ハッキング》されたとしたら、責任問題になるわよ」

『自己診断程序《セルフチエックプログラム》が走っている以上、その可能性も薄いです。それよりご覧ください。この小島の隣に大型艦らしき影が映っています。解像度が低くて識別は難しいのですが、かなりの大きさですし、甲板に主砲らしき物体も見えます』

軍事全般に、なかでも海軍に疎《うと》い趙は、呑気《のんき》に言うのだった。

「夏威夷《ハワイ》の真珠湾でも、同じようなモノが記念艦になってるじゃない」

『そうです。戦艦です。海上自衛隊はこんなモノは持っていません。いいえ、すでに滅びた軍艦であり、世界のどの海軍も運用してはおりません。存在してはいけない軍艦なのです』

「どういうこと？」

『このフネは、唐突に出現しました。突拍子もない説ですが、当方としての見解を述べてもよろしいでしょうか』

「あなたが冗談を言う人間じゃないことは知っているわ。言いなさい」

『空間転移現象……それが正解ではないかと』

「あなたが冗談を言う人間だったとは驚きね」

『国家主席。どうか落ち着いて聞いてください。我が科学院でかつて研究がおこなわれていた〝地上の太陽〟こと核融合反応発電装置ですが、その応用で、量子単位の時空転移が可能になったとの報告書が提出されています。

その後、核融合発電そのものが開発中止となり、闇に葬られたわけですが、もし日本が同じ野心を抱き、研究を重ねていたとしたら……』

「続けなさい」

『いわゆる時空穿越《タイムスリップ》です。もういちど画像をご覧ください。この島嶼ですが、地形を検索した結果、合致率が九五パーセントの場所を見つけました。トラック諸島です。かつて日帝海軍が、南太平洋に獲得していた根拠地です』

「あなたは……日本人が世界に先駆けて時空穿越《タイムスリップ》の技術を現実化したと言いたいの？」

『別の可能性を指摘したいところですが、どう頭を捻《ひね》っても、それしか思いつきません。だとしたら事態は最悪です。

あれだけ広範囲な土地を時と空間を超えて転移させたのであれば、世界中のどこでも望む都市を望む時間に送りだせると考えなければ。

北京や上海を数万年後の未来か、数億年前の過去に飛ばすこともできましょう。これは核を軽く凌駕する超兵器になります……』

劉李明の胸像が、わずかに震えている。通常は恐怖に根ざした反応だが、彼の表情に怯えはない。むしろ、歓喜の色すらある。

技術者としての高揚心に酔ったのだろう。

「あなたには休養が必要なようね。すぐ手配しましょう。秦城《チンチョン》に空きがあったかしら」

相手の表情が驚愕で凍りついたが、趙は気にもせず通話を打ち切った。なお秦城には、公安省が直接監督する政治犯専用の監獄がある。

（……あそこに入れて口を塞がなければ。よりによって時空穿越《タイムスリップ》ですって？　頭の固い長老たちに受け入れさせるのは絶対無理だし、私だって理解が追いつかない。

たった写真一枚でそれを断定した劉は、頭がよすぎるのか、誇大妄想か、その両方なのかわからないけれど、日本で異常な事態が起こっているのは事実みたいね。

東京も混乱しているはず。これは好機。未知の兵器が存在するとしても、逆に好都合。それさえも共産党の支配下に置けばよいだけの話……）

中国共産党員として趙静蕾はこう認識していた。

問題とは解決するものではない。破壊するものであると。

　指先を宙に這わせ、ヴォイスメールを起動させると、彼女はこう呟くのだった。

「総参謀部の黄《ファン》大将に極秘連絡。金龍《ジンロン》作戦の開始を繰りあげるように。

　遅くとも来年一月には、沖縄全土の掌握を成し遂げるよう、最善を尽くすこと。以後は、勝利と成功の連絡以外聞かない」

　ここに中国共産党の行く末は、ひとりの悪女の決断で定まったわけだが、趙静蕾を責めることは難しい。成功者は、常に成功体験に頼りたがるのだから……。

2　二一世紀という魔境
――二〇三三年一二月一二日

　軍港という施設は初期設計さえ合格点のものであれば、不動のインフラと成りうる。

　横須賀《よこすか》もまた然り。

　明治初期より稼働を開始し、拡張工事は実行されたが、全体的な造りは令和でも変わっていない。特にここ一世紀弱では、変化は少なかった。

　車で足を踏み入れた古賀峰一《こがみねいち》大将は、見覚えのある建造物がいくつも残る旧鎮守府を見渡し、大いに安堵するのだった。

「完璧な軍港だ。ここに造船所を築いた勘定奉行小栗忠順《おぐりただまさ》は、慧眼《すいがん》の士であったな。一七〇年近くが経過したというのに、まだ偉容を留めているではないか。横須賀鎮守府、健在なり……」

運転席に座る油《ゆ》谷《たに》刻夏《ときか》2佐が言う。

「まさに。アメリカ第七艦隊もそれを認めています。だからこそ、横須賀を空母機動部隊の母港に定め、活用していたのです」

油谷は運転手の役を演じているが、実際に車を操っているのは車載ＡＩだ。

聞けば、彼は自動車免許を所有していないとの話だった。ハンドルに手を添えてはいるが、ほかにはなにもしていない。

完全自動運転の実現は、運転手という職を過去のものに追いやろうとしていたのだった。

後部席の古賀は即座に訊ねる。

「仮想敵だったソビエトを睨み、極東に配置するとなれば最前線だ。軽空母ではないね」

「一〇万トン級の正規空母ばかりです。順にあげれば〈ミッドウェー〉〈インデペンデンス〉〈キティホーク〉〈ジョージ・ワシントン〉〈ロナルド・レーガン〉となります」

苦笑してから古賀は言った。

「なんと〈ミッドウェー〉か。他の艦名の空母でもよかったろうに、アメリカさんも皮肉な真似をするものだ。そいつは、あの六号ドックに入渠《にゅうきょ》していたんだな」

ハイブリッド・エンジンを搭載したシルバーのセダンは、現在横須賀海軍施設ドックと呼ばれている最大の船渠に接近しつつあった。

かつて空母〈信濃《しなの》〉を生みだした設備は、そっくりそのまま運用されていた。

ただし、内部をうかがい知ることはできない。

複数のクレーン車が周囲を取り囲み、天幕を張り巡らしているからだ。

セダンは、その一角に自動停車した。出入口には見知らぬ鉄鉢《ヘルメット》と自動小銃を携えた衛兵が、数名待機している。

「警戒厳重だ。昭和でも横須賀には諜報員が紛《まぎ》れこんでいたものだが、令和でも同じかね」

「それもありますが、民間人が面白がってスマホで写真を撮るのですよ。お貸ししたものでも撮影できますから、ぜひお試しください。

送信もこれ一台で可能で、各種SNSにアップロードすれば全世界に公開できます」

「防諜もなにもあったもんじゃないな」

降車した油谷が合図すると、彼らはすぐに道を開けてくれた。古賀も油谷に続き、ドック内部へと入った。

そこに巨軀を横たえていたのは、戦艦〈大和〉である。

昨日の午後、瀬戸内から廻航され、ここにドック入りしていたのだ。

「古賀さん。スマホで大野《おおの》少将に連絡をとってください」

油谷に促され、古賀は硝子《ガラス》状の端末にこう告げるのだった。〈大和〉艦長に電話を繋げと。

音声認識が敏感に反応し、画面に電話番号と音声会話オンリーという表示が表示された。

『もしもし。こちら大野です。こんな形で長官と話ができるとは実に奇妙ですな。どうぞ』

戦艦〈大和〉艦長の声は張りがあった。

「大野艦長。まだ慣れていないようだな。スマホは双方向通話なのだ。無線と違い、どうぞは要らないよ」

『なるほど。昨晩に連絡将校から受け取ったばかりです。練習中ですが、使いこなせば便利な代物ですな』

「便利すぎて困る。令和の日本人にとって必需品だが、依存しすぎてもいる。電池が切れただけで、なにひとつできなくなる様子だ」

『百科事典を持ち歩けるのは驚きましたが、連絡将校の話だと、大衆は友人と電報の遣り取りをしたり、映画を観たり、猫の写真を撮るのに夢中だとか。ところで、長官はいまどちらに？』

「フネに着いた。真下にいる。すぐ話がしたい」

『では司令官公室でお待ちしております。私からも申しあげたいことが山ほどありますので』

通話を終了させると、古賀は言った。

「油谷2佐。令和世界の案内に感謝する。だが、この〈大和〉は昭和世界のものだ。ここからは私が案内しよう」

しかし、油谷はスマホを操作し、青写真めいた図面を表示させて言うのだった。

「大和型戦艦の見取り図は、かなりの精度のものが残されていますから、ナビゲーションできます。司令官公室は右舷上甲板、第一副砲の側になっています。間違いないでしょうか？」

間違いはなかった。

戦艦〈大和〉に乗りこんだ古賀は、油谷と一緒に司令官公室に到着し、ドアを開けた。中には、すでに艦長大野竹二《たけじ》少将が待機していた。

再会を祝すのもそこそこに、大野艦長は不満と怨嗟《えんさ》の口火を切るのだった。

「長官。ここの連中はとんでもないですよ。入渠後に乗りこんできた技術者が、〈大和〉の主砲塔を三基とも取り外すと言っているんです」

古賀は横に座る油谷を見た。相手は機械的に、こう反応するのだった。

「戦艦〈大和〉〈長門〉〈扶桑〉〈榛名〉〈金剛〉の五隻ですが、すでにアーセナル・シップへの改造が決定しております」

「アーセナル・シップ……つまり弾薬庫艦という意味かな」

そう言った古賀に、油谷は応じる。

「そうです。主砲塔を全廃して、ＶＬＳ――垂直発射装置に換装するのです」

油谷が手元のタブレットを操作するや、古賀と大野のスマホに着信音が鳴った。

送られてきたのは、イージス艦の動画であった。前甲板に仕切られた升目《ますめ》の蓋が開くや、噴進弾が空高く飛翔していく場面が繰り返し流された。

「ご覧の兵器ですが、トマホークという巡航ミサイルです。

最大速度は時速八八〇キロ、射程距離は形式に左右されますが、一八〇〇キロから二五〇〇キロ前後。対艦および対地攻撃に投入可能な万能噴進弾で、アメリカは湾岸戦争からイラク戦争で二〇〇〇発以上を発射し、極めて高い命中率を誇っています。

沖縄を狙う中共海軍を撃退するには、アーセナル・シップが必須なのです」

大野艦長が腕組みをして語った。

「そちらの言い分もわからぬでもない。また本艦は実質的に、虜囚《りょしゅう》に近い立場であることも把握している。〈大和〉を二一世紀の軍艦に造り替えるのも、意味がある行動かもしれない。

しかし、わからぬ点も多々あるぞ。垂直発射装置とやらを据えるにしても、一朝一夕で可能な話ではなかろう。

工事には数ヶ月はかかるはずだ。沖縄が狙われているとして、悠長に改装などしている暇があるのか」

「大丈夫です。連合自衛隊発足委員会《GSDFLC》はこうした事態を想定して動いております。すでに各戦艦の主砲ターレットに搭載できる専用のVLSを完成させています。主砲塔さえ除去すれば、換装には一日とかかりません」

「照準や発射はどうする？　艦内に設置するのであれば、大がかりな施工が必要なはずだ」

「発射管制や誘導は、他のイージス艦から遠隔操作できます。〈大和〉は発射母艦として存在意義を発揮してもらいたいのです」

　横から古賀が口を挟んだ。

「なるほど。戦艦の主砲というものは、構造的にバーベットに差しこんでいるだけだ。取り外しは簡単だ。クレーンで吊りあげればいい」

　すぐさま油谷が、訥々《とつとつ》とした調子で応じた。

「四六センチ三連装砲塔の重さは二七六〇トン。秋月《あきづき》型駆逐艦とほぼ同じですが、横須賀には五〇〇〇トンまで耐えられるクレーンを用意してあります。

　また古賀長官のおっしゃるとおり、砲塔は楽に外れることが実証されています。坊之岬《ぼうのみさき》沖で沈没した〈大和〉を海底で発見したとき、主砲は船体とは別の場所に転がっていました。転覆し、抜け落ちたのでしょう」

　大野艦長が重苦しい口調で言う。

「昨日、記録映画を見せられたが、やはり本艦は沈んでしまうのか。昭和二〇年四月七日に……」

「はい。この瞬間も〈大和〉は九州と沖縄の間で眠っております。図らずも、この時代には本物の戦艦〈大和〉が二隻存在しているわけです。

　連合艦隊の壊滅と日本敗戦は無念でしょうが、それはあなたたちにとって過ぎ去った未来です。これから対峙する本当の未来を勝ち取るために、どうかご協力をお願いしたいのです」

　一礼した油谷に向かい、古賀は言った。

「専用の垂直発射装置も完成しているのであれば、断れそうにないな……」

　すぐさま大野艦長が大声をあげた。

「長官！　帝都でこいつらに、すっかり丸めこまれてしまった様子ですね！」

「まあ待て。我々は〈大和〉を過剰に大切にするあまり、実戦投入を渋った。令和で知った戦史によれば、昭和一九年以降もなんら戦局に寄与せず、波間に消えたらしいよ。同じ失敗を繰り返すのは、愚の骨頂だ。丸めこまれたと指摘されれば、そのとおりかもしれぬ。私は京都駅で、師村繁里《しむらしげり》という女性政治家と合流し、二日間行動をともにした。

　実に刺激的な会話だったよ。彼女は総理になると宣言し、昨夜その約定を果たした」

「承知しております。この時代にも、紙の新聞があって助かりましたよ。入院中だった現職の山本首相が重篤となり、意思の疎通ができなくなったため、副総理の師村女史が日本憲政史上初めての女性総理になったと」

「ところが実状は違う。山本哲郎首相はたしかに高齢で入院中だが、ピンピンしているらしいぞ。これは無血クーデターに近いと思ってよかろう。要するに、連合自衛隊発足委員会《GSDFLC》は想像以上に権力を握っているということだ。

　逆らったところで、フネを窃取されるだけだ。

ここは取引で帝国海軍の地歩を確立して、乗組員たちの身の安全を確保しなければなるまい」

時局に見合った常道を歩もうとした古賀だが、大野はなおも食い下がった。

「ですが！　戦艦にとっての主砲とは、武士の日本刀と同じです。それを全廃するとなれば、水兵たちの士気は地に落ちるでしょう！」

そのとき、沈黙を貫いていた油谷が、こう提案してきたのだった。

「それならば、こうしましょう。一番、二番砲塔は残し、三番砲塔のみを撤去——そこにＶＬＳを搭載します」

意外すぎる台詞に、古賀は言った。

「弾数が三分の一になってしまうぞ」

「後甲板の飛行機格納庫を改造し、そこにも垂直発射装置を埋めこむようにすれば、いくらかは補えます」

「油谷くん。君は2佐——つまり中佐にすぎないのだろう。口約束で、そんな大きな決定ができる立場かね？」

「師村総理より、連合艦隊の艦船改造に関しては一任されています。帝国海軍の意向も踏まえて、現地裁量を認めると。それに……」

常に能面のような油谷だが、珍しく頬に笑みを形成して告げた。

「実際の話……垂直発射装置など、どうでもいいのですよ。昭和の〈大和〉が令和に登場したという事実を中国政府に察知してもらえたら、それで満点なのです」

真綿で首を絞められるような苦味を感じた古賀峰一であった。油谷の示唆するところが認識できたのである。

時空を遡航する技術を兵器に転用すれば、一気に核を時代遅れの玩具にできる。

一九四三年のトラック諸島と二〇三三年の呉を入れ替えたのだ。その気になれば、二〇三三年の北京と一九四三年の南極の一角を入れ替えることも可能なはずだ。

それを北京に理解させれば、沖縄進軍など諦めるしかなくなるだろう。

「時空間を超越するといった荒業を実用化させた国は、日本以外にどこかあるのだろうか？」

古賀の疑問に、油谷はさらりと応じた。

「基礎理論にたどり着いた国や団体はいくつかありますが、成功させたのは我々だけです。アメリカがいい線まで行っていました。しかし、ダニー・カーズ大統領が、先端技術関連の予算をカットした結果、日本が追い抜いたのです」

「中国はどうだ？　北京政府が似たような発明をやらかす心配はないのか？」

「ないと断言できます。我々も独力で成し遂げたわけではなく、少しは八百長《やおちょう》もしておりますし。中国共産党がこちらの意志に気づき、自重してくれることを期待しております」

残念なことに、中共は自重も自粛もしなかった。彼らは、連合自衛隊発足委員会の想像を凌駕するまでに頑迷だったのである……。

③　経過報告

――二〇三三年一二月一四日

機密ランク：　ウルトラ・トップシークレット
関係者以外閲覧厳禁

表題　：　刻駕計画　第一回中間報告書
報告者　：　油谷刻夏2佐

《……帝国海軍艦船の再利用に関する折衝《せっしょう》だが、事前準備が功を奏したらしく、旧海軍軍人たちの理解と協力を取りつけることができた。

　我らの第一目的は、戦艦をアーセナル・シップへと改造することにある。

　とりわけ戦艦〈大和〉には、砲塔跡に六四セルの垂直発射装置《VLS》Mk41Jを三基、合計で一九二セルの多目的ミサイルを搭載予定であった。

　だが、これは断念せざるをえなかった。艦長の大野竹二少将が、強硬に反対したためだ。

　交渉の末、第三砲塔および水上機格納庫に二基のＶＬＳシステムを搭載することで決着した。

　自分の折衝が不首尾に終わった点を難詰される覚悟はしているが、同時に古賀峰一の信頼を勝ち取り、前にも増して協力を得られるようになった事実も申し添えておきたい。

　古賀大将は残る四隻の戦艦に赴き、みずからの言葉で各艦長を説得してくれた。その結果すべての戦艦が全主砲を撤去し、Mk41Jを設置することでコンセンサスが得られた。

　換装作業は予定どおり進行中である。〈長門〉は舞鶴、〈扶桑〉は佐世保、〈金剛〉と〈榛名〉は岡山県玉野《たまの》にて工事に着手されたところだ。

　完成は本年のクリスマス・イブ——ハイペースではあるが、間に合うかかは微妙だろう。

　情報偵察衛星と英国から提供された諜報員情報を総合すれば、趙静蕾国家主席は中共海軍に対し、大規模な軍事演習を内示したらしい。

　古来より演習が即実戦に繋がった実例は散見さ

れる。彼らの触手の伸びる先が沖縄であることは確実だが、時期は読めない。

　来年早々にも侵略開始との悲観的な見通しさえある。

　各戦艦の改造は、すばやさが求められよう。

　とはいえ、刻駕計画は中共軍との激突を主眼に設案されたものでない。

　本当の狙いは、究極兵器たる時空遡航の技術を独占し、日本国を二一世紀の覇者として君臨させることにある。

　素粒子単位の時間超越は、先進国では研究が実施されている。理論さえ確立すれば、時空遡航の実現性に気づく国も現れよう。

　しかし、放置すれば核拡散と同じ道を歩みかねない。やはりここは日本国が主柱となり、禁断の技術を管理する義務と責任を負わねばならない。

　だからこそ、刻駕計画は初動段階から、完璧な秘匿性をなかば放棄している。気づいてもらわなければ話にならないからだ。

　作戦発動と同時に、連合自衛隊の宇宙作戦群は地球低軌道《LEO》における制宙権を掌握するため、各国の偵察衛星に対するアタックを実施した。

　航空自衛隊において二〇二二年三月に新編された宇宙作戦群は、当初こそスペースデブリの監視を任務としていたが、一〇年で陣容を一変させている。

　ソフトキルのみならず、ハードキルさえも可能な装備を保有しており、敵衛星に遠隔干渉でエラーを生じさせ、日本列島の覗き見を封印したのは大きな戦果と評せよう。

　中共の動きだが、期待どおりスピーディだった。

九日には新型の偵察衛星を打ちあげ、さっそく観測を始めている。

宇宙作戦群も、今回はあえて手出ししなかった。呉での異常事態を把握させるためである。

そこに投錨している百年前の軍艦を検分すれば、連合自衛隊発足委員会がなにをしたか認識できたはずだ。

時空遡航が実用化したとあれば、核の恫喝など無意味となる。

米英仏露中といった、第二次大戦の勝ち組たる核保有国は、戦略的イニシアチブを失うこと必定である……。

しかし実際の話、呉とトラックを入れ替えるような荒業は、計算上、一世紀にいちど可能か否かといったレベルであった。

その真相を北京が摑めば、大きな脅威にはならないと判断するかもしれぬ。やはり、軍事的一撃を加えたあと、完全屈服させる必要があろう。

自分は開戦を望まない。しかしながら、悪しき事態にも備えなければならない。

中越戦争や台湾侵攻など、中共軍は常に想像の斜め上を暴走してきた。今回、同じ轍《てつ》を踏むことも充分に考えられる。

中南海がゴーサインを下せば、沖縄上陸作戦が強行されようが、それと前後して、本土の軍用空港と鎮守府が狙われる。

航行中の自衛艦隊も危機に曝されよう。過去、中共軍は常に奇襲を旨《むね》とし、宣戦布告などおこなっていないではないか。

厳しい現実を指摘せねばならない。現在の海上自衛隊には後《ご》の先《せん》を取る余力が存在しない。アメリカ艦隊を打倒するためとはいえ、一九四三年に大戦力を時間遡行させたのは、あるいは致命的なミスだったのかもしれない。

特に、二八隻の潜水艦のうち一一隻を失ったのは痛手だ。

イージス艦は〈大和〉など戦艦のアーセナル・シップ化で埋め合わせはつくが、沈黙の艦隊だけは補塡できない。

一九四三年から九隻の伊号および呂号潜水艦が転移してはいる。

しかし、戦艦と違って一世紀前の骨董品を実戦に投入することは困難である。

活躍できる場面を探すのであれば、拠点防衛としての待ち伏せだが、人的被害は覚悟しなければならない。

それに比較し、空母三隻にはまだ戦力化の余地があるかもしれない。〈翔鶴《しょうかく》〉〈瑞鶴《ずいかく》〉〈千代田《ちよだ》〉だが、航空機輸送任務に従事中で、艦上機は満載に近かった。

さすがにレシプロ機の投入は難しいが、飛行甲板に部分的にでも耐熱化工事を施せば、垂直離着陸機F－35B〝ライトニングⅡ〟の着艦ができるだろう。

またサイドランプを増設すれば、無人決戦兵器〝震洋《しんよう》〟の母艦としての運用も可能だろう。

残る艦船は、各五隻の重巡と軽巡、そして駆逐艦二二隻だが、これらには改造を施す余地がない。対空火器を部分的に現代化はできようが、費用対効果が得られるかは不明である。

ただ、自分が接触したかぎりではあるが、異世界も同然の二一世紀に連行されたにもかかわらず、水兵たちの士気は天を衝くばかりだった。

状況把握のために準備した映像の効果もあるだろうが、それよりも純粋に日本を守りたいという感情が、自衛隊員のそれに匹敵するか、あるいは凌駕している。

また船乗りとしての技倆も驚くほど高い。くれぐれも彼らを粗略に扱うべきではない。

艦隊出撃の際は、やはり巡洋艦や駆逐艦は護衛として同行させるべきであろう。

最悪でも、弾よけとしての役目は果たしてくれるものと信じる……》

*

昨日、組閣を終えたばかりの師村繁里《しむらしげり》は、その報告書を政府専用機の機内で読了した。

覚悟こそしていたが、やっぱり現実は厳しい。

第二次日中戦争という最悪の道へとガイドラインが敷かれており、逸脱はできそうにない。

避戦は為政者にとって、最優先の選択肢ではあろうが、それが政治生命を終わらせることもある。前任者の山本哲郎首相が実例だ。

北京政府の核の恫喝にひたすら怯え、大型イージス艦の〈やまと〉〈むさし〉を自主放棄するという愚策を選んだわけだが、連合自衛隊発足委員会はそれを逆手に取った。呉において、時空遡航という奇策に打って出たのだ。

老体の山本首相に突飛すぎる現実を受け入れる力はなく、無責任にも病院というサンクチュアリに逃亡してしまった。

副総理だった師村は限りなく禅譲《ぜんじょう》に近い方法で、後継者の地歩を獲得したのだった。

もちろんプログラムどおりにである。連合自衛隊発足委員会は、時空遡航に一定の目途がついた八年前から、政府中枢に食いこむことを絶対目標としていた。師村は、その嚆矢《こうし》なのだ。

陸上自衛隊出身であり、連合自衛隊発足委員会初期メンバーを務める彼女は、開戦に向けた事前準備に奔走していた。

ひとりの為政者として、悲壮感を抱くべきかもしれないが、多忙を極める身にはそれさえ許されなかった。やるべきことは山と積まれている。

今回の沖縄訪問の第一目的は、疎開のペースをあげることにあった。

呉市では高速増殖炉モンジューの事故を装い、緊急事態条項を発動させ、住民を強制避難させたのだが、今回は嘘をつく必要はない。

台湾の惨状を見れば、誰にでもわかる。一度《ひとたび》中共軍の上陸を許せば、そこは焦土と化すと。

非戦闘員の本土脱出は学生から始め、年配者と女性が続き、成人男性はいちばん最後にする予定であった。

疎開は部分的に始まっていたが、急進的左派政党『子供のための選択肢』の支持者らによる妨害工作やデモも強烈だった。

総理は子供を攫《さら》う気だと。

泡沫政党にすぎないと思われていた彼らが妙に力を持ったのは、県政外交という理解しがたい名目で設立された、沖縄中国地域外交事務所の資金援助を受けていたからである。

つまるところ北京政府の走狗《そうく》に身を窶《やつ》しているわけだが、それが正義だと信じこんでいあるから始末におえない。

在日米軍の撤収を己の功績だと吹聴して恥じない彼らは、次に自衛隊を追いだすのだと息巻いている。

地震と侵略のダブルパンチで、二二〇万人もの死傷者を出し、パレスチナ以上の悲惨な地となった台湾を直視しろと言っても、耳を貸そうとはしない。逆に彼らは言う。

政府は危機を煽っていると。

かねてより「子供を戦場に送るな」と主張していた団体だ。戦場になるであろう沖縄から子供を脱出させまいと躍起になるのは自己矛盾にほかならないが、それを指摘しても、多様性を否定する気かと食ってかかる。

ともに語るに足る相手にあらずと断じるのは容易だが、こうした輩も見捨てられないのが、総理という職業のつらいところと言えよう。

油谷2佐のレポートに名機されていたとおり、中共軍は野望を諦めていない。

日本に時空遡航の技術があることは察知しているはずだが、気づいていないかのように行動している。

日米安保が空洞化し、海上自衛隊の実働戦力が目減りしている現在、不利を埋めるには先制攻撃あるのみだが、国是としてそれはできない。最初の一発だけは、相手に殴らせなければ。然るのちに反撃を実施しなければ。

この縛りは、かなりのハンディキャップだ。

現代戦では、着弾と同時の終戦も充分に考えられる。台湾を瓦礫の山々に変えてでも占領した中共だ。開戦劈頭《へきとう》、東京と大阪に核弾頭を撃ちこむくらいの真似は、平気でやってのけよう。

しかし、チャイナ・マネーに染められた一部の識者は、こう言い切っていた。中国の最高指導者である趙静蕾は、女性である。天使を産む女性が、殺戮の悪魔になるはずもないと。

台湾進軍を命じたのが趙静蕾であるのは公然の秘密だが、識者のなかでは、それは中共の重鎮に押し切られただけで、逆に被害者だとする見識が形成されているらしい。

曲学阿世《きよくがくあせい》の徒には、失笑するしかない。

女がトップに君臨すれば絶対戦争は起こらない。クォーター制度の導入を声高に叫ぶフェミニスト団体はそう力説したが、現状はどうだろう。

アメリカのイバーナ・カーズ、イギリスのエリザベス・カットラス、フランスのマリアンヌ・リユーペン、ロシアのタチアナ・ドントワ、そして中国の趙静蕾と、列強各国の指導者は女性ばかりではないか。

そして、師村繁里もまた女であった。

だからこそわかった。この先に勃発する戦争は、かつてない凄惨さを示すだろうと。

女が女をいたぶるときに、遠慮などするわけがないからだ……。


午前一〇時ジャスト。政府専用機のボーイング777－300ERは嘉手納《かでな》基地へ着陸した。

師村は二週間もの滞在を予定していた。自衛隊の拠点をまわるだけでなく、各首長とも面談し、緊急事態条項の発動を前提とした脱出および防衛計画を確定する意志を固めていた。

通常国会が始まる一週間前には帰京する手筈《てはず》であったが、それは叶わなかった。

暮れも押し詰まる一二月二七日。火災から立ち直り、ようやく再建された首里城《しゆりじよう》を見学中だった師村総理は、中華系暴徒の自爆テロに巻きこまれ、軽傷を負ったのである。

師村繁里は、最初の一発を我が身で受け、対中世論の舵《かじ》を力尽くで切らせたのだ。

そして西暦二〇三四年元日早朝——沖縄に、かつてない鉄の嵐が押し寄せようとしていた……。

第四章　日米空母の受難

1　シミュレーター
――一九四三年一二月二九日

パイロットにとって一番難度の高い操縦とは、いまも昔も着艦である。

全長二〇〇メートルを超える空母であっても、高々度から見れば、洋上に漂う木の葉も同然だ。

安定が失われる低空へと機体を降下させ、失速と戦いつつ飛行甲板を目指す。

計算された不時着とも呼ばれるように、危険は常につきまとう。どれだけ自動化が進もうとも、事故をゼロにすることは無理だろう。

慣れ親しんだ機体でも難しいのだ。見たこともないマシンであれば、尚更《なおさら》である。

帝国海軍少尉紅松貞明《べにまつさだあき》は緊張したまま、異次元より現出した最新鋭機の操縦桿を握りしめ、空母へのアプローチを継続していたのだった……。


『接近中のF－35B五番機に通達。悪天候にともなう洋上のコンディションが、許容範囲を超えた。着艦許可は取り消し。岩国へ帰投せよ』

耳元から流れるメッセージは明瞭そのもので、雑音ひとつなかった。また頭部をすっぽりと覆うヘルメットの視野には、同様の警告文が表示されている。

紅松は下界において存在感を拡張していく航空護衛艦〈かが〉の飛行甲板へと機体を降下させて

いる最中であった。

「おいおい。白波は立っているが、これくらいのうねりで着艦を諦められるかよ。燃料も岩国基地まで帰るには足りやしないし、季節外れの海水浴もご免だぜ」

遠慮なしに垂直降下を継続する。十数名の飛行甲板要員の表情までもが見えてきた。

『警告する。降下速度が許容範囲オーバー。減速せよ。ただちに減速せよ』

忠告に従いたいが、〈かが〉は八ノットで航行中だ。速度を落とせば、降下シークエンスのタイミングがずれる。

母艦には静止してもらいたいのだが、戦闘行動中にそこまで贅沢は望めない。

彼はストライク・アイと呼称されるＨＭＤＳ、すなわちヘッドマウント・ディスプレイを使いこなしていた。火器管制が主たる任務だが、機位や高度などもリアルタイム表示され、着艦の難易度を下げてくれる。

ホバリングで位置を確保しつつ、徐々に下降を始めた。ガイドラインが視界内に描かれ、それに沿って降りろとレクチャーを受けていたが、不意に突発事態が生じた。

ひときわ大きなうねりが海面に生じるや、〈かが〉の艦尾が持ちあがったのだ。

『緊急上昇を勧告。緊急上昇を勧告』

操縦席の右側にレイアウトされている操縦桿を引いた紅松だったが、間に合わなかった。

機は飛行甲板に叩きつけられ、衝撃が走った。三本の脚部がすべて折れ、朱色の光がＨＭＤＳを満たした。

『機体は爆発炎上しました。あなたの生存率は、過去の事例から推定し、四八パーセントです』

軽い電子音が鳴り、ハッチが開かれた。目映《まばゆ》い光輝が周囲から押し寄せる。

紅松はヘルメットを外すと、不満げに叫んだ。

「たったの十数秒で海面が激変するものか。このシミュレーターとやらは設定が妙だぞ」

F−35B〝ライトニングⅡ〟のそれと寸分違《たが》わぬコックピットのセットから這い出てきた紅松に向き直ると、水谷刻冬《みずたにこくとう》2佐は言った。

「妙ではない。洋上の変化はすべて実際に取得したデータを再現したもの。なぜ素直に勧告に従い、岩国に戻らなかったのだ。引き返すのも勇気だと思うが？」

「地上にはもう降りられるからだよ。航空母艦へ着艦できなきゃ、海軍航空隊でございとは言えん。模擬操縦席なら死ぬこともないしな」

「評価は下がる。一定のポイントを稼がないと、実機に乗る権限がなくなる。

紅松少尉、あなたはこれまでのシミュレーション訓練で及第点以上の成績を残しているが、特別扱いはできない」

悪童めいた笑みを見せてから紅松は言う。

「嘘つくなよ。あんたには俺を特別扱いしなきゃならん理由がある。海軍航空隊の搭乗員をライトニングⅡに乗せるには、俺という成功例が存在しないと困るんだろう？」

航空《フライト》シミュレーター・マシンの側にあるパイプ椅子に座ってから、水谷は口調を変えた。

「とても困ります。あなたにはパイプ役も期待しておりますから。内地より、ここトラックに呼び寄せる候補者のリストがこれです」

紅松は隣に座ると、タブレットを覗きこんだ。

『岩本徹三《いわもとてつぞう》、杉田庄一《すぎたしょういち》、宮崎勇《みやざきいさむ》、菅野直《かんのなおし》、武藤《むとう》金義《かねよし》、本田稔《ほんだみのる》、小高登貫《こだかのりつら》……』

その他にも、二〇名以上の見知った名前が連《つら》なっていた。紅松はうなずいて言った。

「面子《めんつ》としては上々だ。俺と同等か、それ以上の凄腕が揃っている。このシミュレーターを使わせてくれれば、一〇日やそこらの特訓で、ライトニングⅡを操れるようになるだろうぜ。

操縦に関して言えば、零戦や雷電、紫電改《しでんかい》など及びもつかないほど優しいからな。気に入らねえ点をあえて探すとすれば、アメリカ製だってことくらいだ」

「純粋な米国製ではないのです。各国の知恵が結集しています。胴体の一部は三菱重工が担当し、リフトファンはイギリスのロールスロイス社製のもの。ＨＭＤＳは中東のイスラエルで作られ、回転式エンジン吸気口に到っては、ソビエト空軍の垂直離着陸機ヤコブレフＹａｋ－１４１のそれを流用しているという話もあるほどです」

「平家物語に出てくる鵺《ぬえ》みたいだな」

「令和では価格に見合わない欠陥機という評価もありましたが、実戦で覆《くつがえ》してほしい。タッチパネルディスプレイに戸惑ったりはしませんか」

「頂戴したスマホと一緒だ。慣れればどうということはないさ。昭和の人間の知的好奇心をなめるなよ。

それより不思議なのは、どうして俺たちを搭乗員に仕立てあげなきゃならんのだ。パイロットの代替要員に不自由していると聞いたが、ここ岩国基地には、定数を満たすだけの操縦士がいるではないか」

その問いをぶつけると、水谷は明らかに沈んだ表情を示した。

「恥ずかしい事実を通達しなければなりません。航空自衛隊員でライトニングⅡの操縦資格を持つ者を、この昭和一八年まで連れてきたのですが、戦闘参入を拒否する輩が何名かいるのです」

「なんだと……そいつらに会わせろよ。俺が一喝してやるぞ」

「ぜひお願いしたい。自分の言葉と理屈だけでは、彼らの胸襟《きょうきん》を開かせることはできません」


三日前。水谷と紅松は二式大艇に乗り、トラック島がかつて存在した場所へと到着していた。

両名が向かったのは、西端の地区である。そこには、呉市と一緒に時空を超えた岩国基地が存在していた。

アメリカ海兵隊が撤収した施設を航空自衛隊が利用しているが、昭和に転送されたのはすべてではない。滑走路は鋭利な刃物ですっぱり切り落とされたようになっており、断面は地層がむきだし状態だった。

格納庫は無事で、二四機のＦ－35Ｂも飛行可能状態にあった。補充部品も過剰なまでに準備してあり、搭乗員も交代要員を含め、かなりの予備が手配されていたが、士気が問題だった。

パイロットのなかには現実が受け入れられず、搭乗を渋る者がいたのである。

連中がブリーフィング・ルームに集まっていると聞かされた紅松少尉は、水谷２佐と一緒に現場に乗りこんだ。そこには、パイロットが九名たむろしている。

ふたりの姿を見た彼らはいっせいに起立し、敬礼してみせた。最低限の礼儀だけは、まだ維持しているようだ。

「貴様たちが飛ばないと拗《す》ねている連中か！」

初めて見る昭和の軍人の怒鳴り声に気圧《けお》されたのだろうか、パイロットたちの表情が強ばった。

そのなかで、最年少らしき若手がこう反論する。

「飛ばないとは言っていませんよ。わけのわからない戦闘に巻きこまれるのは納得しがたい、と言っているだけです。

アメリカは先週まで友邦でした。それを攻撃しろと言うのは、理解できません」

水谷2佐が早口で言った。

「国家間の友情は一夜にして崩壊するもの。まして〈や二一世紀の合衆国ではなく、二〇世紀のアメリカを叩くのだ。心理的障害はないはずだが」

「逆ですよ。戦力の差がありすぎます。戦闘ではなく一方的な虐殺になるでしょう。それに過去に戦死しなかった合衆国軍人を殺せば、未来が変わってしまうんじゃないですか？」

「タイムパラドクスのことは考えるな。あまりに複雑すぎる。どうでもいいことだ」

今度は年輩のパイロットが不満げに言った。

「連合自衛隊発足委員会は無責任で困る。ここは、良心的徴兵拒否をさせてもらいたい」

それに反応したのは紅松だった。

「水谷2佐。令和の世界でも、命令拒否に罰則はあるのか？」

「自衛隊法一二二条で規定されています。防衛出動命令が出た状態でそれを拒絶すれば、七年以下の懲役もしくは禁固刑です。教唆《きょうさ》および幇助《ほうじょ》した者も同等の刑事罰となります」

2尉の階級章をつけた年輩の男はさらに言う。

「七年で済むならそっちのほうがマシだな。そもそも自衛隊のない一九四三年の世界で、自衛隊法が適用されるもんか」

大仰《おおぎょう》にため息をついてから紅松は言った。

「なんとも哀れな連中だ。貴様たちには守るべきモノが己の命以外にないのだろう。それで兵隊を名乗るなど笑止千万」

若手のパイロットが、すぐに自己主張を始めた。

「僕たちは兵隊でも軍人でもありませんよ。自衛官という公務員なんです。軍と自衛隊はまったく別物です。昭和の人には、ご理解いただけないかもしれませんが」

「鉄砲持ってて階級があって人殺しが商売なのは、軍だけだ。軍と名の付く団体で人殺しをやらねえのは東京巨人軍と救世軍くらいだ！」

そう喝破した紅松に、戦意なきパイロットたちは押し黙るだけだった。


重苦しい静寂が室内を支配した直後だ。そこに、高音の女性の声が響いたのだった。

「あなたたちは歴戦の大先輩を前に、なにを詰まらない押し問答をしているのですか！」

飛行服を身に纏い、ヘルメットを脇に抱えた女性自衛官であった。すぐに、紅松は水谷に問うた。あの女は誰だと。

「堂峰香《どうみねかおり》2佐。第一三航空団・第三一三飛行隊の飛行隊長です。やり手ですよ」

髪を短くし、化粧っ気などまるでないが、よく整った顔立ちだった。なおも彼女は面罵する。

「危機が呉と岩国に迫っているのよ！　四の五の言わずに飛びなさい！」

年輩の2尉が、ぼそりと言った。

「自衛隊の最高指揮監督権を持つ総理の命令さえあれば飛びますよ……」

痛いところを突かれた堂峰2佐は言葉に詰まったが、水谷が横から助け船を出した。

「それなら問題はない。昨夜のことだが、連合艦隊が半壊した責任を取り、嶋田繁太郎海相が辞任した。

これにて東條内閣は総辞職する。次の総理には海軍大将の豊田副武が内定しており、彼はすでに連合自衛隊の影響下に置かれている。出動命令はかならず下されよう」

「大日本帝国の総理じゃない。二一世紀の日本国の総理ですよ！」

もっともな指摘だったが、水谷は極論でこれに応じるのだった。

「諸君は現実を直視しなければならない。我々はもう令和の世界に戻ることはできないのだ。この時代に骨を埋める運命であるからには、恵まれた立場と知恵を活用する道を考えるべきだ。

日本を世界の覇者にすれば、何千万という人命が救える。合衆国による合衆国のための覇権という失敗例を知っている我々にこそ、可能な選択だろう」

それは、抗いがたい誘惑だった。堂峰2佐も、すぐさま水谷に続いた。

「なにより、かかる火の粉は払わなければ。もう安穏としてはいられません。呉と岩国には危機が迫っているのです」

水谷が鋭く問い返す。

「アメリカ機動部隊が動いたのだな」

「そのとおり。ニューカレドニアのヌーメアと、ハワイ真珠湾から同時に出撃してきたわ」

堂峰2佐が手にした端末を操作すると、ブリーフィング・ルームの壁面に設けられたスクリーンに衛星からの画像が映しだされた。

「分析はこれから。でも、エセックス型を主軸とする大艦隊なのは確実だわ。

　その矛先が向けられるのはトラック諸島と入れ替わった呉と岩国のはず。部分的に疎開は始まっているけれど、まだ市民は残っているから、空襲が始まれば絶対に犠牲者が出る。これでも飛ばないと言い張りますか!?」

　九名の操縦士は所在なさげな様子で返事をしなかった。堂峰2佐は怒りを押し殺したまま、こう宣言したのだった。

「もう結構。あなたたちにはなにも期待しません。紅松少尉にお願いしますわ。私とあなたの二機が尖兵となり、米機動部隊に侵攻を放棄させるだけの損害を与えましょう」

　すぐに水谷が割って入った。

「それはいかがなものだろう。紅松少尉はF－35Bの訓練を受けてはいるが、実機で九時間、シミュレーターで一八時間の飛行経験しかない。戦闘はまだ無理だと判断する」

「多くは求めません。一緒に飛んでくれればそれでいいのです。戦闘支援無人機《UAV》の〝ブラックキャット〟を二機随伴させます」

　紅松少尉は頬を紅潮させて宣言した。

「おもしれえじゃねえか。やってやるさ。飛行時間の心配はするな。

　俺は日中戦争から戦闘機を操っているからな。ここにいる連中の誰よりも長く飛んでいる俺が断言するが、ライトニングⅡほど操縦が楽な飛行機はない。見てろ。おまえたちができないことを、やってのけてやるぜ」

2 進撃の機動部隊

――一九四三年一二月三〇日

合衆国海軍《USネイビー》は航空母艦《フラットトップ》という軍艦を扱うパイオニアのひとつであり、建造と運用において、着実にステップアップを積み重ねてきた。

廃艦処分となった巡洋戦艦を改造したレキシントン型を皮切りに、試験艦としての色合いが濃い〈レンジャー〉と小型化の妙味を模索した〈ワスプ〉を挟み、ヨークタウン型という実用度の高い母艦を完成させた。

名空母〈ヨークタウン〉〈エンタープライズ〉〈ホーネット〉の三姉妹である。

しかし、これで満足するような合衆国海軍ではなかった。艦上機の大型化は自然の流れであり、それに対応する大型艦は必須だ。

こうして決定版とでも言うべき航空母艦が誕生した。

エセックス型がそれである。

基本はヨークタウン型の拡大強化版だが、驚くべきは建造ペースだ。一番艦の〈エセックス〉は一九四一年四月に起工され、翌年一二月に完成している。

基準排水量二万七一〇〇トン、全長二六七・二メートルの巨艦をたった一年八ヶ月で就役させてしまうのだから、合衆国の底力には感服するしかないが、その隻数も驚異的だった。

一九四三年の段階で二三隻が発注されており、最終的には三二隻が勢ぞろいする計画だ。

量産型としての強みを存分に発揮し、完成スピードは最終的に一五ヶ月まで短縮できるとの見方もある。

今回のトラック島強襲こと《オペレーション・ショック・アンド・オー》――すなわち〝衝撃と畏怖作戦〟には、七隻のエセックス型空母が投入されていた。

真珠湾を出撃したスプルーアンスの第五〇任務部隊には五隻が、そしてヌーメア軍港を抜錨したハルゼーの第四九任務部隊には二隻が配属され、威風堂々とトラックへと進軍している。

そこが、アメリカ航空母艦の埋葬地になる運命も知らずに……。

「司令官。索敵潜水艦の〈パーチー〉より連絡が入りました。日本艦隊のお出ましです」

ＣＡ－35〈インディアナポリス〉のブリッジに姿を現したスプルーアンスにそう報告したのは、参謀長のカール・ムーア大佐だった。

「トラック島に向かう援軍だろうな。発見場所はどこかね？」

「サイパン島の北およそ四八〇キロ。日本本土から出撃してきたものと思われます」

「戦略情報室の暗号解読は正確だったわけだな。編成は？」

「大型空母二、軽空母七、戦艦二、巡洋艦および駆逐艦多数となっています」

少しだけ引っかかるスプルーアンスであった。

「詳しい報告だが、信用できるかね？　そのサブマリンは完成したばかりで、乗組員もフレッシュマンしかいないんだろう」

たしかにＳＳ－３８４〈パーチー〉は今年一一月二〇日に就役したばかりだ。

本来であれば稽古《けいこ》を積んで実戦投入したいとこ

ろだが、潜水艦隊壊滅という現実がそれ許さなかった。練度が低いのは否めない。

ムーア大佐が生真面目な顔で言った。

「続報待ちですが艦長のラメージ中佐は優秀です。筋金入りの潜水艦乗り《スキッパー》で、去年九月には日本の軽空母を雷撃戦で撃破しています」

参謀長の証言は事実であった。潜水艦〈トラウト〉の艦長だったラメージは、トラック島付近で小型空母〈大鷹《たいよう》〉に魚雷を命中させ、中破に追いこんでいた。

「実績を評価すべき男だな。そんな攻撃的な男に、哨戒任務しか与えられない現実が憎いよ」

スプルーアンスの声にムーアが応じる。

「しかたありません。これ以上、潜水艦を失うと、戦争そのものを失いかねませんから。この貴重な情報を、どう生かすかを考えましょう」

海図台に移動したスプルーアンスは、すばやく暗算してから言った。

「我々とはまだ一八〇〇キロは離れている。敵の意図は？　規模から考えて、トラック島への飛行機運搬だけとは思えん」

「太平洋艦隊の動きを読み切ったうえでの、迎撃かもしれません」

私はまだ信じていませんが、日本がスーパー・サブマリンを保有しているとすれば、きっとこちらの出撃も摑んでいるでしょう」

スプルーアンスは平静さを装いながら、窓外に視線を投げた。威風堂々たる軍艦の群れが海面を切り裂いているが、安堵は得られない。

なにしろ、日本海軍は白鯨《モビー・ディック》を飼い慣らしているのだから……。

　トラック諸島の完全制圧を目論《もくろ》んだ〝オペレーション・ショック・アンド・オー〟に投入された空母だが、エセックス型の七隻だけではない。

　ハルゼーの第四九任務部隊には〈エンタープライズ〉と〈サラトガ〉が姿を見せている。ともに歴戦の武勲艦だ。

　それに加えて、軽空母のインデペンデンス型が九隻も参陣していた。

　基準排水量は一万一〇〇〇トンと小振りだが、実用レベルに達したカタパルトHⅡ－1型が威力を発揮し、四五機もの艦上機を運用できる。またクリーブランド型軽巡を母体としており、速度が三二ノットまで発揮可能なのも強みだ。

　総計一八隻の空母艦隊は、アイオワ型高速戦艦やアトランタ型防空軽巡など護衛艦を多数従え、二方向からトラック島へと急行していた。

　艦上機は一一〇〇機を優に超える。どんな国のどんな要衝《ようしょう》でも鎧袖一触《がいしゅういっしょく》で撃破できるだけの力はあるが、楽観視はできなかった。

　潜水艦隊が、全滅にも等しい損害を受けた現実があるではないか。

　もはや、敵が驚異的な超兵器を保有しているという前提で動かなければならない。

　だからこそ、スプルーアンスとハルゼーは事前協議にて骨太《ほねぶと》の方針を決定していたのである。

　あらゆる損害を無視して突き進み、日本海軍に出血を強いること。たとえ空母を半分失おうとも、補充力で勝てる。経済力では、合衆国が完全に有利なのだから……。

　努々《ゆめゆめ》それを忘れてはいないスプルーアンス中将であったが、犠牲を覚悟して死地に等しい場所へ突き進むのは、それでも勇気が必要だった。

　大艦隊の運用において、いちばん留意すべきは司令部の存続である。

　計算高いスプルーアンスは空母戦が予期されるなか、あえて乗り慣れた重巡〈インディアナポリス〉を旗艦としていた。

　空母や戦艦は、空襲になれば真っ先に狙われる。小回りの利く巡洋艦なら、攻撃対象に選ばれ難《にく》いとの判断だった。

　やや手狭《てぜま》だったが、司令部要員を厳選することで対応は可能だった。

　黙りこんだスプルーアンスに、ムーアが言った。

「万一を考え、ハルゼー艦隊にも通達するのが適当かと。第四九任務部隊が〈パーチー〉の無電をキャッチしていなければ困りますし」

　スプルーアンスはそれを受け入れ、通信参謀に確認の無電を打てと命令した。海図台を睨みつけたまま、彼は言う。

「グァムやサイパンといったマリアナ諸島の基地航空隊が脅威だな。トラックまでは一〇〇〇キロ強といったところだが、接近中の日本空母と組み合わせれば、距離の不安は埋められよう」

　マーレもすぐに進言した。

「大型空母が二隻……おそらくはショウカク型かと思われます。ここで討ち取れば、真珠湾の復讐が完遂できますね。

　攻撃隊を出し、ミッドウェーで沈没した四空母のあとを追わせてやりましょう」

　甘すぎる誘惑だったが、スプルーアンスはそれを拒否するのだった。

「ノー。我らの目標は、あくまでもトラック島の無力化にあることを忘れるな。

日本空母はハルゼーに任せる。第四九任務部隊のほうが近いし、空母対空母のデリケートな遣り取りでは、彼こそ専門家だからな」

　このとき第五〇任務部隊はトラック諸島の北西二二〇〇キロに、第四九任務部隊は南西一九〇〇キロの海域にいた。

　これから四八時間をかけて踏破し、元旦から空爆を開始する計画だった。

　基地と艦隊の両方を同時に相手にするのが困難なのは、日本機動部隊がミッドウェー戦で演じた醜態を検分すればわかる。ここは役割分担を徹底すべき場面だろう……。

　それから一五分が経過し、艦内時計が一三時を指したとき、ハルゼーから返電が入った。

　すでに〈パーチー〉からの索敵情報は受信している旨《むね》を述べたあと、こう締めくくられていた。

『そっちはどうしたいんだ？《ホワット・ドゥ・ユウ・ワント》』

　スプルーアンスは即座に返電を命じた。

「奴らはあんたがやれ《ユウ・テイク・ゼム》」

　両名は以心伝心の間柄であり、それだけで充分だった。これで日本空母は、ハルゼーが対応してくれる。こちらはトラック殲滅に専念できよう。

　だが、勇敢な〈パーチー〉から続報が届けられたとき、〈インディアナポリス〉の艦橋には違和感が満ちたのだった。

『敵大型空母の形式判明。煙突の形状からヒヨウ型と断定。監視を続行する』

　重巡〈インディアナポリス〉艦長のエイナー・ジョンソン大佐が言った。

「客船を改造した空母でしたね。ジャップが保有する大型空母で脅威なのは〈ショウカク〉〈ズイカク〉のはず。あの姉妹が出てこない理由が誰かわかりますか？」

　誰にもわからなかった。当然、スプルーアンスにもである。

　ただ、推論はできた。彼は重々しい口調で語る。

「サンタクルーズ諸島海戦で、我々は戦術的敗北を喫した。あれから一四ヶ月が経過していることを思えば、ドック入りしているとも思えない。

　ショウカク姉妹がトラック基地に潜んでいるとすれば、厄介なことになる。

　この一ヶ月間、太平洋艦隊も陸軍航空隊も強行偵察には失敗してばかりだ。ここは最悪も覚悟して突入しなければ……」

　場違いにも思えるまでにほがらかな調子で、マーレ参謀長が言った。

「日本も常に狡猾で抜け目ないとはかぎりません。ホメロスでさえ時として居眠りはする《イーブン・ホーマー・サムタイムス・ノッズ》と言うではありませんか」

「そうだな。日本にも同じことわざがあると聞いたよ。猿も木から落ちる《イーブン・モンキーズ・サムタイムス・フォール》……」

　ブリッジのムードは、それで一変した。全員がわずかながら顔を綻《ほころ》ばせた。

　東洋人を十把一絡《じゅっぱひとから》げで猿と呼び捨て、差別意識を押しだして恥じようともしない彼らだが、すぐ天罰とでも言うべき報告を受けることになる。

　その直後、ハルゼー艦隊から悲鳴のような緊急電が届けられたのである……。

『CV－12〈ホーネットⅡ〉に直撃弾が命中。空爆と思われるも敵機は視認できず。現在、全艦にわたって炎上中！』

3　見えざる槍

——同日、午後二時三〇分

第四九任務部隊を急襲したのは、この時空間に存在してはいけない兵器であった。

正式名称はＡＳＭ－３改——航空自衛隊が実戦配備していた超音速空対艦ミサイルだ。

最大速度はマッハ三と凄まじく、一九四三年の対空火器で撃墜できる可能性はゼロに等しい。

高速を実現している推進系はＩＲＲ——インテグラル・ロケット・ラムジェットである。

固定ロケットを全力点火して推進剤を使い切り、さらに空になったタンクをラムジェットの燃焼室として活用するという二段構えの加速方法だ。

目標へ突っこむ際の誘導は、複合シーカー方式が採用されている。

敵艦が発するレーダー波を手掛かりとするパッシブ・レーダー・ホーミングと、みずからがターゲットに信号を照射し、その反射から追尾をおこなうアクティブ・レーダー・ホーミングを併用して、これまた二段構えで命中率を向上させているのだ。

そしてＡＳＭ－３改を発射したのは、血が一滴も通わないメカニックの塊であった……。

『ブラックキャットからの発射信号を確認。ガンカメラに切り替えるわ』

耳元で堂峰香《どうみねかおり》２佐の声が響いた。

その刹那《せつな》、ヘッドマウント・ディスプレイの視野内に別口のウィンドウが開き、戦場の中継映像が現れた。

大概《たいがい》のことには動じなくなっていた紅松貞明《べにまつさだあき》であったが、これには度肝を抜かれた。突進する噴進弾からのリアルタイム動画が、飛行中のライトニングⅡで見物できるとは。

「索敵も自動なら発射も自動、そして誘導も自動とはな。人間はなにをすればいいのやら……」

Ｆ－35Ｂ弐号機の操縦桿を握る紅松に、壱号機の堂峰２佐が返答を寄こした。

『最終的な戦闘開始を下すのは人間です。最後の一線だけは、機械に譲《ゆず》るわけにはいきません』

「しかしなあ。俺たちは敵艦隊の四〇〇キロ後方を飛んでいるだけで、噴進弾を発射したわけでもない。撃ったのは無人機だ。人の命の遣り取りをする戦場には似つかわしくないぜ……」

紅松少尉の言葉に、一切の嘘はなかった。

ＡＳＭ－３改を射出したのは、ライトニングⅡことＦ－35Ｂではない。

その前方一六〇キロを飛翔する戦闘支援無人機《UAV》であった。

ＭＱ－１Ｊ〝ブラックキャット〟――日米英の三ヶ国が共同開発した、最新のマルチロール・アンマンド飛翔体である。

全長一四メートル、全幅九メートルとＦ－35Ｂよりひとまわり小型で、最高速度もマッハ一程度しか出せないが、性能的には充分だった。

求められる任務はひとつだけ。編隊前方に突出して、空飛ぶミサイル・ランチャーとしての役目を果たしてくれればよい。

軍用機が高性能になればなるほど、調達価格は高騰し、数を揃えることが難しくなる。少子化の影響や志願者の減少も相まって、搭乗員の確保が困難になりつつあった。

　無人機の導入は、空軍戦力の維持には必然の流れであったと言えよう。

　ブラックキャットは、母機であるＦ35Ｂに先発して離陸した。

　基本的にＡＩ制御の自動制御で飛ぶが、索敵・監視モードから攻撃モードへの切り替えは、Ｆ－35Ｂからの指示が必要となる。

　最後の一線を越えさせたのは、堂峰2佐だった。彼女のコマンドに従い、処女弾を放ったブラックキャットは、確実に戦果を刻んだのである……。

＊

　第四九任務部隊を急襲したＡＳＭ－３改だが、アメリカ側も無為無策で厄災に立ち向かっていたわけではない。

　豪放ながら用心深くもあるハルゼーは、本隊の前方一四〇キロの位置にピケット・ラインを形成すべく、駆逐艦三隻を前進させていた。

　そのうちの一隻である〈ザ・サリヴァンズ〉が高々度を飛行する未確認物体をキャッチしていたのである。

　傑作駆逐艦と誉れ高きフレッチャー型の一隻であり、今年九月末に就役したばかりの最新鋭だ。実用度に目途のついた対空レーダーのＳＣを搭載していたが、発見は目視によるものであった。

　碧天《へきてん》に浮かぶ二機の軍用機らしき黒褐色の影は、信じられないほどの速度で〈ザ・サリヴァンズ〉の上空を突っ切っていった。

　進行方向は、主力のいる海域だ。艦長のケネス・Ｍ・ジェントリー中佐は、旗艦である〈エンタープライズ〉に至急電を打ったが、間に合うかどうかは微妙だった。

驚いたことに、敵機二機はこの間合いから抱えていた未知の兵器を発射したのだ……。

「ミスター・ハルゼー。ピケット駆逐艦の〈ザ・サリヴァンズ〉より緊急電です」

報告者はロバート・カーニーだった。今年の七月から参謀長としてハルゼーを補佐している海軍少将だ。

「嫌な過去を思いだしちまう嫌な艦名だぜ。嫌な現実を突きつけてきたんじゃあるまいな」

不機嫌なハルゼーであったが、理由はあった。

ＤＤ－５３７〈ザ・サリヴァンズ〉は昨年一一月にソロモン海で撃沈された軽巡〈ジュノー〉に乗り組み、そして五人兄弟全員が戦死したサリヴァン兄弟《ブラザース》に因《ちな》んで命名されたフネだ。

これ以降、合衆国海軍は兄弟を同じ軍艦に乗せることを原則的に禁じている。悲劇を忘れないためには必要な措置だが、戦意高揚には繋がり難《にく》い艦名であった。

そして〈ザ・サリヴァンズ〉が寄こしたメッセージは、嫌な未来を予兆するものであった。

「敵機が高々度からなにかを発射したと言っています。一種のロケット弾のようにも思えますが、詳細はわかりません」

当時、アメリカ海軍も〝タイニー・ティム〟と呼ばれる空対地ロケット弾を開発中であった。

すべての艦上機に搭載できるサイズとなる予定だが、まだまだ実験段階であり、配備には時間がかかる。

「ジャップが妙な兵器を投入してきたな。敵機はどうした？」

「撃った直後に旋回し、退避したらしいです」

「それなら標的は駆逐艦だな。まさか俺たちじゃあるまい。なにせピケット・ラインからここまで一四〇キロもあるんだからな」

余裕めいた台詞を、ハルゼーが舌に乗せた直後のことだ。

旗艦〈エンタープライズ〉の左舷およそ二〇〇〇メートルの位置にいた〈ホーネットⅡ〉に火柱が立ち昇ったのである。

その決定的瞬間を、ハルゼーは肉眼で目撃してしまった。

僚艦がオレンジ色に塗り潰される場面が網膜に映り、直後に飛翔音が、そして爆発音が連鎖反応のように続いた。

「CV－12〈ホーネットⅡ〉に直撃弾！　敵機・敵弾ともに確認できませんでした！」

見張り員からの悲痛な報告にハルゼーは歯噛みして悔しがった。

「カーニー、おまえも聞いただろう！　音が遅れてきたぞ！」

参謀長も顔面蒼白でうなずいた。

「敵弾は音速を超えていると思われます……」

「すぐ〈ホーネットⅡ〉に連絡だ。あの航空母艦《フラットトップ》にはブローニングが艦長として乗っているんだ。おまえの前任者だぞ！」

戦闘支援無人機《UAV》ブラックキャットが放った二発のASM－3改は、最終速度のマッハ三まで加速した後、海面すれすれを飛翔しつつ、第四九任務部隊へと急接近した。

輪形陣の外縁を形成する駆逐艦を発見するや、

ひとまずポップ・アップして高度を稼ぎ、手近な〈ホーネットⅡ〉の飛行甲板へと、次々に突入したのだ。

　エセックス型七番艦の〈ホーネットⅡ〉だが、今年一一月二九日に完成したばかりであり、本来であれば、習熟訓練を実施すべき頃合いだ。戦線投入は無茶という声もあった。

　それでも初代艦長に就任したマイルズ・ブローニング大佐は、もう戦力化は完了していると強引に言い張った。

　彼は長年ハルゼーの参謀長を務めあげ、ミッドウェー海戦ではスプルーアンスを補佐し、見事に勝利をもぎ取った立役者でもある。

　だが、海軍首脳陣の評価は悪く、〈ホーネットⅡ〉艦長就任も左遷に近い扱いであったが、ハルゼーは信頼を置いていた。

　完成して四週間しか経たない空母であっても、ブローニングなら切り盛りできると。

　こうして〈ホーネットⅡ〉は参陣を許された。それが引き鉄となって、一一月二四日に竣工した〈ワスプⅡ〉も第四九任務部隊に加えられた。

　合衆国海軍の前例にとらわれない臨機応変ぶりには驚嘆すべきだが、逆の視線で見ればそれだけ切羽詰まっていたとも言えるだろう。

　不幸にして、ハルゼーの選択は良からぬ結果を招いてしまった。

　被弾と同時に〈ホーネットⅡ〉は完全に沈黙し、通信に返答はない。火炎は右舷中央の島型艦橋《アイランド》を遠慮なく舐めている。

　そのくせ速度は落ちなかった。二八ノットという足並みを維持したまま、左へと無意味に回頭を始めた。護衛駆逐艦が衝突を回避するため、舵を切っているのが見えた。

　カーニーが顔を顰《しか》めたまま言った。

「操艦の自由を失ったようです。総員退艦のうえ、自沈処分も視野に入れませんと」

　沈黙したままのハルゼーに、参謀長が続けた。

「日本は超ロング・レンジのロケット弾を保有していることが判明しました。

　現時点で対抗手段はありません。提督、まずは引いて体勢を立て直すのも、選択のひとつだとは思いますが？」

　しかし、ハルゼーは怒気をこめた調子で、こう返すのだった。

「ここで逃げてどうなるのだ。今回の《オペレーション・ショック・アンド・オー》は、あらゆる犠牲を無視して突撃するのが大前提である。燃料タンクに重油があるかぎり前進せよ！」

＊

『初弾および次弾の命中確実。第一次攻撃成功。さあ、引き返しましょう！』

　興奮と緊張を隠しきれずにいた堂峰2佐の声に、紅松少尉はこう返した。

「俺の画面でも、噴進弾が空母に突っこむところが見えたぞ。特徴的な艦橋から判断してエセックス型に違いない。ASM－3改の威力は凄まじいものだな。もう一太刀《ひとたち》いこうじゃないか」

『それは許されないわ。〝シン・あ号作戦〟の骨子は、スケジュールに従ってアメリカ艦隊の戦力を削ぎ落としていくことにあるのだから』

「スケジュールなんか知るか。俺たちはまだ翼下に噴進弾を二発ずつ抱えているじゃねえか。あと何隻か空母を食えるさ。

　俺は戦闘機乗りだから、まだ爆撃も雷撃もしたことがないんだよ。初体験のチャンスを逃したくないぞ」

『これは、ブラックキャットの無人爆撃が失敗した際の予備よ』

「戦果は拡張できるときにやっておかなければ、絶対に後悔するんだ。

　未来から来たんだったら、真珠湾奇襲で第三波攻撃を断念した結果、基地機能の破壊に失敗した事実を知っているはずだ」

『もちろん知っているわ。それと同時に、現場の判断で突入を放棄し、禍根を残したレイテ沖海戦という事実も知っている。

　基本計画からの逸脱には覚悟が必要よ。そして、いまはまだ独断専行すべきタイミングじゃない。

帰ればまた来ることもできるしね』

　紅松は思った。こいつはたいした烈女だな。女にしておくのはもったいないぜと。

「あんたは2佐、つまり中佐で俺は少尉だ。上官命令には従うよ」

『聞き分けがよくて助かるわ。ただ、連合自衛隊は敵に手加減はしない。コスパ……いえ、コストパフォーマンスを勘案して、最適解を導きだすだけ。本当はブラックキャットを敵艦隊に張りつかせて監視を続行したいけれど、あれも一八機しか持ってこられなかったの。そして、私たちに補充能力は皆無。大事に使わないと』

　連合自衛隊は無敵ではない。それは紅松も承知していた。

　百年後の兵器を携えているとはいえ、後方支援能力のない軍隊など、すぐに痩せ細る。

「長期戦が戦えないのなら、なおさら短期決戦に切り替えるべきだろうに。シン・あ号作戦のスケジュールとやらは、それほどに計算され尽くしたものなのかい？」

堂峰2佐は、さらりと応じた。

『米空母を四時間に一隻ずつ沈めます』

パイロットらしく頭の回転の早い紅松は、それだけですべてを呑みこんだ。

「そいつはいいぜ。まるで露助《ろすけ》の将校がやってると聞くロシアン・ルーレットだな。四時間おきに死線を潜らなきゃならんとあれば、アメリカさんも凍りつくだろうぜ。

そうとわかれば長居は無用だ。燃料節約のためにも、トラックへ戻ろう」

しかし、その瞬間——堂峰2佐がこう告げたのであった。

『待って。機首レーダーのAN／APG－81が、敵機をキャッチしたわ。距離およそ八〇キロ』

「高度は？」

『海面ぎりぎり。レーダーの死角を狙ったに違いない。この間合いに入れたのは大失敗ね。写真を撮られたら面倒になるわ。気の毒だけど、生きて返すわけにはいかない』

その情報は即座に、紅松のヘッドマウント・ディスプレイにも共有された。

堂峰機が遠隔操作で空対空モードに切り替えた直後、ウェポン・ベイに収納されている九九式空対空誘導弾が発射態勢に入った。

「おいおい。この噴進弾も在庫が潤沢とは言えないんだろう。ここは俺が殺《や》るぜ」

紅松は、燃料込みで二〇トンを楽に超える機体を左回転させ、降下を開始した。

『待って。あなた空中戦の訓練は受けていないでしょう。無茶よ！』

「はばかりながら、俺は格闘戦の経験じゃ世界一だぜ。それに、女にはこれ以上人殺しをやらせたくねえんだよ！」

敵影はすぐ補足できた。シルエットから三座の雷撃機だとわかる。

単機である事実は、索敵任務を終えて帰路にあることを示唆していた。

F－35Bに機内搭載機銃はない。しかし、オプションとして機体中央に装着する二五ミリのガンポッドが用意されている。

ステルス性は多少犠牲になるが、この出撃でも搭載されていた。

距離はみるみるうちに詰まった。当然であろう。相手はレシプロ機で、最高速度は時速四〇〇キロ前後。こちらは巡航速度でも時速一〇〇〇キロを超える。

ヘッドマウント・ディスプレイが視野に描きだす十字線《レクチル》に、敵機が重なった。発射釦《ボタン》に力をこめると、弾痕が一列に射出され、海面を縫い、そして雷撃機を射止めた。

零戦や雷電のそれを上まわる二五ミリ機銃の威力は格別だった。

海上一五メートルという低空を飛んでいた敵機は左の主翼をもぎ取られ、直後に水飛沫をあげて海没した。

呼吸を調えつつ、紅松はこう宣言した。

「昭和の男が令和の戦闘機で、初撃墜を記録した。この既成事実が欲しかったんだ。指名してくれた海軍の搭乗員だが、意外と頭が固くてね。実績がなきゃ説き伏せられんのだよ！」

不運にも撃ち落とされたアベンジャー雷撃機ことTBF－1だが、第五一雷撃飛行隊に所属する機体であり、母艦であるCVL－30〈サン・ジャシント〉へ帰還する最中であった。

ハルゼー艦隊は前方海域の潜水艦発見に注力しており、この機も対潜警戒に駆りだされていた。三座機であり、長時間の索敵にはベストな艦上機だった。

操縦桿を握っていたのは、まだ一八歳の若者であった。未来の弾丸によって機体を撃ち抜かれ、帰らぬひととなったパイロットの名は、ジョージ・H・W・ブッシュ少尉だ。

ここにアメリカ合衆国は未来の大統領を失ったのである……。

堂峰と紅松の爆撃行は、状況を一変させた。

F－35BとASM－3改という未来兵器の組み合わせが、エセックス型空母という合衆国海軍の新鋭艦を撃破した。この堂々たる結果が、呉と岩国の連合自衛隊を勢いづかせたのだ。

自衛官にとっては、初実戦で得た初戦果である。その事実が、秘められた闘争本能に火をつけた。

参戦に消極的だった空自パイロットの多くが、前言を撤回し、飛ぶと主張しはじめたのである。

ここにシン・あ号作戦はドラスティックに動きだした。

スケジュールに則《のっと》り、機械的に二機ずつ攻撃隊が出撃し、四時間置きに米空母撃破という事実が刻まれていった。

連合自衛隊を一枚岩としたのは、向こう見ずな紅松少尉のフライトであったのだ……。

4 防空戦術

——一九四三年一二月三一日

空母〈飛鷹《ひよう》〉を旗艦と定めた小澤《おざわ》治三郎《じざぶろう》中将は、昨夜一睡もしていなかった。

眠れるはずがなかった。なにしろ、四時間おきにアメリカ空母撃破の連絡が舞いこむのだ。

真偽を見極めねばならぬと、参謀長の古村啓蔵《こむらけいぞう》少将が諫《いさ》めたが、手渡されたタブレットに映しだされる映像は偽物とは思えなかった。

それを持参したのは水谷刻冬《みずたにこくとう》2佐である。彼は異形の輸送機に乗り、昨日夕刻〈飛鷹〉に接近してきたのだ。

主翼の両端に回転翼《ローター》を一基ずつ携えた薄気味の悪い機体であった。胴体には陸上自衛隊と漢字で表記されている。

令和の日本人ならば、さまざまな意味で馴染み深いV－22〝オスプレイ〟だ。

世界初の量産型ティルト・ローター機である。

事前に到着を通達してあったため、艦隊直衛機や対空機銃に誤射される危険性はなかった。オスプレイは〈飛鷹〉の直上で空中静止するや、ロープで身体を固定した水谷2佐を降ろした。

飛行甲板に着艦できれば楽だったが、オスプレイは空虚重量で一五トン、燃料込みで二〇トンを楽に超える大型機である。

海軍の艦上機のなかでいちばん重いのは天山《てんざん》艦攻だが、出撃時の最大状態で五・二トンだ。その四倍もの重量が一気に加われば、飛行甲板は破壊されてしまう。

ホイストという降下器具を用いて〈飛鷹〉へと

降り立った水谷は、帰投をはじめたオスプレイへと一礼し、ヘルメットを脱いだ。みずからを連絡将校だと名乗り、第一機動艦隊を直率する小澤中将との面談を求めたのだった。

そこで小澤は、連合自衛隊が立案したシン・あ号作戦の一端を聞かされたのである……。


「四時間ごとに米空母を一隻ずつ打擲《ちょうちゃく》する？」

疑念の声を発したのは〈飛鷹〉艦長の古川保《ふるかわたもつ》大佐であった。筋金入りの航空屋で、水上機母艦〈神威《かむい》〉〈千歳《ちとせ》〉などの艦長職を務め、今年九月から〈飛鷹〉の指揮を任された男である。

「連合自衛隊が非凡な武器を保有している事実は認めよう。その気になれば、アメリカ空母艦隊を一撃で壊滅に追いこめるはず。なぜ手ぬるい真似をするのだ？」


水谷2佐は静かに答えた。

「大前提として、我々には弾が不足しております。各種ミサイルはもちろんのこと、機銃弾や拳銃のそれに到るまで余裕はありません。徐々に攻撃を継続するのは、できれば敵艦隊を撤退に追いやりたいからです」

彼は背嚢からタブレットを取りだし、戦況図を表示してみせた。スマホの存在は伝わっていたが、初めて見る端末に驚嘆の声があがる。

「アメリカ機動部隊ですが、ふたつのグループに分かれ、旧トラック方面へ接近しつつあります。便宜的に北のそれをN部隊、南をS部隊と呼称しましょう。第一機動艦隊にとって差し迫った脅威なのは距離的に近いS部隊です。ここまではいいですか？」

航海艦橋に詰めた上級将校たちがうなずくのを

確認してから、水谷は言葉を続けた。

「自分が横須賀まで操縦したＦ－35Ｂの同型機が現地時間一四三〇《ひとよんさんまる》にＳ部隊を攻撃し、エセックス型空母を大破に追いこみました。次の衝撃は一八時三〇分です。その次は二二時三〇分。現状で、敵将が誰か不明ですが、この波状攻撃に耐えられる神経を持っているとは思えません。なにしろ、人命第一のお国柄ですし」

自信ありげに断言した水谷へと、小澤治三郎はこう返すのだった。

「アメリカを甘く見ないほうがよい。たしかに連中は人命を重視するが、貴様のいた時代とは勝手が違う。いちど決めたなら、損害を無視して攻め立ててくる。ミッドウェーでもそうだった。希望的判断は戦況を見誤らせるぞ」

慇懃《いんぎん》な口調で水谷は帰した。

「よく承知しております。だからこそ、豊田副武大将に無茶を言い、あなたを指名させていただいたのです。敵将が全滅を賭してでも継戦を望んだ場合、引導を渡せるのは小澤中将だけですから」

「買い被るのはよせ。こちらはまだ貴様を信用しておらぬ。なにせ〈翔鶴〉〈瑞鶴〉の二隻を問答無用で奪い取ったのだからな」

「それに関しては、お詫び申しあげるしかありません。ただし、埋め合わせはできるかと」

小澤は無言を貫いた。時と太平洋を自由に駆ける怪人に対し、どう向き合うべきか、まだ迷いがあったのだ……。

東條英機の退陣が決定的になったあと、新総理として臨時内閣の組閣準備に入った豊田副武は、己が海相も兼務し、連合艦隊司令長官には小澤治三郎を指名すると公表した。

連合自衛隊との密約どおりにである。

小澤に拒否権などなかった。また、状況が切迫しているのは自覚できていた。

彼は条件を提示し、それが叶えられるのならば承諾するともちかけた。

昇進せずに中将のまま就任すること、最前線で陣頭指揮を執ること、この身に万一があった場合には井上成美《いのうえしげよし》中将を後継者とすること。以上の三つである。

いずれも豊田が快諾したため、小澤は連合艦隊司令長官に就任すべく、呉に向かった。

連合自衛隊からは、太平洋艦隊の動向が日々送られてくる。未来兵器で防御しているとはいえ、やはり数には勝てない。支援要請も舞いこんでいた。放置は許されない。


こうして小澤は、新規編成されたばかりの第一機動艦隊を直率して南征に赴いたのだった。

戦力は淋しいかぎりであった。〈翔鶴〉〈瑞鶴〉を失った現在、帝国海軍は大型正規空母を保有していない。新鋭の〈大鳳《たいほう》〉が完成するのは、来年の春になる。

参戦したのは比較的高速が発揮できる〈飛鷹《ひよう》〉〈隼鷹《じゅんよう》〉〈千歳《ちとせ》〉〈瑞鳳《ずいほう》〉〈龍鳳《りゅうほう》〉の改造空母と、客船を母体とし二二ノット前後が限界の〈雲鷹《うんよう》〉〈冲鷹《ちゅうよう》〉〈海鷹《かいよう》〉の計八隻だ。

数こそ揃った感もあるが、搭載機は心もとない。飛鷹型が四八機とまずまずだが、他は二〇機から三〇機程度しか載せられず、合計数は二三七機だった。

護衛に従事するフネには、航空戦艦に改装されたばかりの〈伊勢〉と〈日向〉の二隻もいた。

　豊田大将をトラックまで送り届けた〈伊勢〉は内地にとんぼ返りすると、すぐに小澤艦隊に配属されていた。

　二隻は一八機の彗星《すいせい》艦爆を搭載しており、艦隊合計で二七三機となる。しかし、これでもエセックス型空母の三隻分と大差ない値だ。

　護衛につく戦力も重巡〈摩耶《まや》〉〈高雄《たかお》〉に軽巡〈長良《ながら》〉〈名取《なとり》〉〈阿武隈《あぶくま》〉、そして駆逐艦一六隻と、けっして潤沢とは言えない。

　小澤は、自分を奮い立たせる術《すべ》を持たなかった。艦上機の手配で忙殺されたとはいえ、連合艦隊を名乗るには寡兵すぎる。

　これで、どんな戦《いく》さができるのやら……。

「埋め合わせか。連合自衛隊も、空母を二隻保有していると聞いた。貸してくれるのか？」

　連合艦隊司令長官の問いかけに、水谷は答えた。

「航空護衛艦の〈かが〉と〈ひゅうが〉を意味しておられるのでしょうが、二隻とも着艦制動索を装備していないため、零戦など、この時代の艦上機運用には難があります。

　それよりも役立ちそうなイージス艦を、二隻用意しました。翌朝、第一機動艦隊に合流予定です。今宵刻まれる戦果を持って、自分を信用してはいただけませんか？」

　しばらくの間、沈黙した小澤だったが、やがてこう切りだすのだった。

「豊田大将から聞いた。連合自衛隊は、第一機動艦隊を米空母を吸引するために囮部隊として使う気だと。本当か？」

「隠してもしかたないですね。事実です。囮というより、撒き餌に近い存在であると考えています」

空母〈飛鷹〉の航海艦橋の空気は一気に凍りついたが、水谷はいっこうに気にしなかった。

「連合自衛隊は、来年春の合衆国本土攻撃を視野に入れています。そのためには確実にアメリカ空母を戦場へと引っ張りだし、撃破しなければなりません。

そして帝国海軍の暗号ですが、かなりの精度でアメリカに読み解かれています。日本空母が動けば米空母もかならず動く。その習性を活用させてもらいました。

ご不快なのは承知しております。ただ、結果がすべてを補塡することで、ご寛恕《かんじょ》を賜《たまわ》ればと」

勝手すぎる言い分だが、いまさら咎《とが》めても状況が変わるわけでもない。不承不承ながら小澤は、水谷の言い分を聞き入れ、吉報を待った。

そして、徹夜を余儀なくされた。本当に四時間おきに、捷報《しょうほう》が届けられたからである。

驚いたのは燃えるアメリカ空母の画像が、水谷2佐のタブレット端末に順々と送られてきたことであった。

連合自衛隊は二日に一基のペースで、ロケットを打ちあげていた。軌道上には、ダウンサイジングされたミニ衛星が一四四機も飛んでいる。偵察衛星からの画像を通信衛星がリレーし、端末に直接転送してきたのだ。

古川艦長が、率直に感嘆の声をあげた。

「これほど見事に、夜間空爆を成功させるとはな。ライトニングⅡとは、超ド級戦闘機とでも呼ぶべき機体かもしれん」

即座に水谷2佐が真相を述べた。

「F－35Bは夜通し飛んでいるはずですが、攻撃はイージス艦〈こんごう〉〈きりしま〉の二隻が実施したと思われます。ハープーンをソフトウェア・アップデートすれば、NIFC－CA《ニフカ》に対応可能ですから」

「まるで意味がわからんぞ。それはなんだ？」

「最新鋭戦術ネットワーク・システムです。ライトニングⅡを弾着観測機ならぬ弾着誘導機として活用し、三〇〇キロの彼方から艦対艦ミサイルを撃ちこんだのです」

　水平線の彼方からの攻撃で命中するのか、との疑念を抱く者はいなかった。結果が、すべてを補塡していた。

　さすがに艦名まではわからないが、早朝までにアメリカ艦隊では大型空母二、そして軽空母二が爆発炎上していた。航空戦力は半減したと判断していいだろう。

　しかし、それでも――敵艦隊は反転も減速も停止もしなかった。逆に速度を三一ノットにあげ、まっしぐらに突入してくる。

　その報告を聞いた水谷2佐は、こう断言するのだった。

「後先考えずに進軍を続けるとは、敵将はハルゼーと判断してよいでしょう。彼はレイテで猪突し〝ブルズ・ラン〟という悪しき汚名を授けられました。同じ失策を繰り返す気でしょう」

　それを聞いた小澤は覚悟を決めた。

「失策になるか否かは、こちら次第だ。我がほうの艦隊速力はせいぜい二五ノット。これでは逃げても追いつかれる。間合いは六〇〇キロか。アウトレンジ戦術を使える最後の機会だな」

　零戦を筆頭に日本海軍機の足はアメリカのそれより長い。航続距離を生かし、敵機の行動半径の外から一方的に攻め立てる。それがアウトレンジ戦術の構想であった。

だが、水谷2佐は厳しい声をそれを諫めた。

「提案します。ここは防御に徹し、後の先を狙うべきです」

古村参謀長が厳しい表情と声で言う。

「貴官に発言権はないぞ。友軍であれ、日本人であれ、部外者の進言など話にならん」

すかさず小澤中将が割って入った。

「まあ、待て。未来人の話を聞こうじゃないか」

小さくうなずいてから、水谷は話しはじめた。

「小澤長官。これより半年後に勃発するマリアナ沖海戦で、あなたはアウトレンジ戦術を採用しました。ですが、スプルーアンス艦隊は優れた対空レーダーでこれを察知し、全戦闘機を上空直掩に発進させていたのです。

また、マジックヒューズと呼ばれる近接信管の威力も相まって、日本側攻撃隊は全滅に近い損害を受けました。過去や未来の失策を、現在で繰り返してはなりません」

そのときだった。タイミングを見計らっていたかのように、対潜哨戒に出撃していた九七艦攻より至急電が入った。

『艦隊より南東七〇キロの海域に重巡らしきもの二隻あり。マストに日の丸を確認！』

指をあげて合図をしてから水谷は言った。

「それは〈こんごう〉と〈きりしま〉です。あの姉妹が合流すれば、対空戦闘で負ける気遣いはありません」

小澤は迷いに迷ったものの、援軍を断れる状況ではなかった。言葉少なに訊ねる。

「新鋭艦かね？」

「いいえ。帝国海軍の〈金剛〉〈霧島〉と同様、老朽艦です。完成してから四〇年が経過するベテランですが、ご心配なく。完成は一九九〇年――すなわちこの時代から半世紀も先を走る軍艦なのですから」

イージス護衛艦二隻と合流した小澤艦隊は守勢を固め、米軍機の襲来を待ち受けた。

後世に〝トラック島の七面鳥撃ち〟と呼ばれることになる大殲滅戦のゴングが、ここに打ち鳴らされようとしていた……。

第五章　バトル・オブ・ジャパン

1　慶良間沖雷撃戦

――二〇三三年一二月三一日

二〇三三年の大晦日から翌年正月にかけ沖縄を襲った鋼鉄の暴風雨は、北京政府によって周到に用意された人工の厄災であった。

作戦開始の最終命令を下したのは、若き国家指導者こと趙静蕾《ジャオジンレイ》である。

彼女は鋭い嗅覚で日本に誕生した異変の兆しを察知していたが、座視することで状況が悪化するのをを嫌い、対日軍事行動という安易かつ効果的な手に打って出たのである。

勝算は十二分にあった。台湾解放作戦こと〝青《チン》龍《ロン》計画〟を成功させた人民解放軍は、彼らなりに勝因を分析し、同様の手段で沖縄攻略は成功すると判断していた。

青龍計画は、ふたつの要素を徹底活用したことで上首尾に終わった。

台湾全土を襲った大地震と、半世紀前から潜入させていた破壊分子である。

さすがに地震こそ起こせないが、沖縄にも遙か以前から工作員を、さまざまな名目で送りこんであった。

優秀な破壊分子たちは、不平不満を持つ現地民の反米感情に火をつけ、連中を巧みに操っていた。在日米軍を撤退に追いやったのも工作員の輝かしい成果だと、北京は勝手に解釈していた。

地震という天佑が期待できないぶん、破壊分子のさらなる活動に期待する場面だったが、ここで意外な状況が発生した。

日本政府は沖縄が戦場になる公算強しと判断し、一五〇万人の県民に自主避難を呼びかけていた。那覇の空港と港はフル回転し、一二月末日までにその四割弱が本土に脱出を終えていた。

ここで想定外の事態が起こった。

工作員たちが操縦する対象だと見做《みな》していた平和団体の連中だが、いの一番に脱出してしまったのだ。

本来なら、自衛隊が運用する旧米軍基地のゲート前に陣取って妨害工作に従事させるか、暴徒化させて後方攪乱の主力にするつもりだった。

すでに武器の密輸さえ開始されていたが、沖縄解放の尖兵が逃げ去ってしまったのでは話にならない。

沖縄解放作戦〝金龍《ジンロン》計画〟が瓦解する萌芽は、ここに見え隠れしていたわけだが、趙の手元へと情報がまわることはなかった。

中共軍の将校は、骨身に沁みて知っていたのだ。耳障《みみざわ》りの悪い情報を北京へ送ると、それが真実であったとしても、降格と減俸の理由になると。

趙静蕾は中共軍を完全なコントロール下に置いていると判断していたが、実際は異なっていた。

実働部隊は、歯止めができないレベルで暴走を始めていたのだ……。

金龍計画は、琉球王国の復活と琉球民族の復仇をスローガンとし、沖縄解放を最終目標とする軍事作戦だが、趙は開戦理由もきちんと準備していた。

『日本政府は呉で発生した異変を秘匿し、世界に脅威と不安を与えている。我々は、恐るべき隠謀の証拠を摑んだ。

日帝の自衛隊は、人類の存続にも関わる危険な実験を強行したのだ。ロシアと中国を主軸とした査察団の入国を受け入れなければ、人民解放軍は実力を行使する……』

令和版のハルノートとでも言うべき最終通告を受け取った師村繁里《しむらしげり》総理だが、当然ながら応じられるはずもなかった。

危険な実験を強行したのは事実だが、査察など受け入れれば、なし崩しのうちに主権国家としての立場を全損するだろう。

もちろん、趙国家主席の言い分も無理筋だった。百歩譲って、呉や東京を攻撃するならばともかく、なぜ無関係の沖縄を襲おうとするのか？

解答はひとつしかあるまい。沖縄こそ領土的、軍事的、そして経済的野心を満たせる唯一の地であるためだ。

台湾征服という美酒に酔った中共軍は、沖縄を連鎖のいちばん弱い点だと判断していた。そこを断ち切れば、日本国の瓦解に直結すると。

そして、彼らは動き、彼らは来た。

与那国《よなぐに》、西表《いりおもて》、石垣《いしがき》、宮古《みやこ》、尖閣《せんかく》といった台湾に近い島は無視し、一足飛びに沖縄本島へ。

正確には、那覇市から西四〇キロに位置する慶良間《けらま》列島へと……。

*

『艦長。第一目標まで、およそ一二キロ。雷達《レーダー》に船舶反応はありません』

戦闘情報指揮所《CIC》に詰めている副長の王龍飛《ワンロンフェイ》少

校が、若者特有の弾《はず》んだ調子で言った。

『守りが薄すぎますなあ。小日本《シャオリーベン》の海上自衛隊は恐怖のあまり、身動きもできないようです』

名誉ある一番槍として戦地へ接近するフリゲート艦〈宜興《イーシン》〉の艦長張建軍《ジャンジエンジュン》上校は、あえて沈黙を保ったまま、双眼鏡を前方へと向けた。

現地時間、午前五時三〇分。航海艦橋からは、朝焼けが始まった海面がよく見えた。

水平線の側には、なんの変哲もない島々が横たわっている。

大小およそ三〇の島嶼で構成された慶良間列島である。ここを前線艦隊根拠地とし、沖縄本島攻略の足がかりとするのが〈宜興〉が参加する尖兵部隊の任務であった。

八八年前に美国《アメリカ》軍がそうしたように……。

監視衛星からの情報どおり、たしかに敵影は視認できない。これは、日本が平和ボケしている証拠だろうか？　それとも老獪《ろうかい》な罠か？

張艦長は、副長の敵を愚弄した言い分を鵜呑《うの》みにするほど、楽観的ではなかった。

第一陣として斬りこみを任された戦力は、けっして大部隊とは評せないからだ。

海天衛士《ハイテイエンウエイシー》艦隊——名前こそ勇ましいが、配属されたのは０５４Ａ型のフリゲート艦が九隻だけである。張艦長の〈宜興〉もその一隻だ。

中国以外では江凱《ジャンガイ》型もしくは徐州《シユウジヨウ》型と呼ばれているそれは、全長一三四メートル、基準排水量は三一五〇トンと、二一世紀の水上艦艇としては小振りだと言える。

フリゲート艦は隻数を揃えることが主眼だが、要求される火力に対し物足りないサイズだ。

攻守と価格のバランスを確保することは、本当に難しい。輸出用も含め、五五隻という大量建造を実現した054A型だが、基礎設計は三〇年前の軍艦である。

　アメリカにべったり擦り寄り、最新兵器を爆買いしている日帝の海上自衛隊と、本当に戦えるのだろうか？

　一抹《いちまつ》の不安を抱かずにはいられない張艦長は、マイク越しに戦闘情報指揮所《CIC》へと話した。

「艦橋からも脅威対象は見えない。引き続き対空および対潜警戒を厳にせよ。それから念を押しておくが、旗艦〈九江《ジウジャン》〉より命令があるまで絶対に撃ってはならん」

　北海艦隊が母港と定めた青島《チンタオ》を出港して以来、張艦長はその指示を繰り返していた。そうしなければならない理由があった。

　部下たちは士気が高いのを通りすぎ、ともすれば暴走しがちだったのだ。

　悪い前例があった。

　台湾解放に参戦した艦船のうち、独自の判断で対地ミサイルを発射した艦が、何隻か存在した。戦果は不明だったが、北京は戦意高揚のためか、連中の攻撃精神を高く評価し、結果として昇進に繋がった将校や水兵が何人もいたのだ。

　独断専行しても罰せられるどころか賞される。軍として規律を保つのが困難になりつつある現実に張艦長は閉口していた。

　人民解放軍海軍は三つの艦隊を保有している。北海、東海、南海艦隊がそれだ。

　台湾解放に参戦したのは東海および南海艦隊で、北海艦隊の主力は留守番だった。手柄を立て損ねたと不満に思う部下も多い。ただの訓辞だけで、彼らを抑えきれるだろうか？

その問いの解答が示される瞬間がやってきた。

慶良間列島まで約一二キロの海域に達したとき、状況は激変したのだった。

『聴音班より報告。三〇七型声納《ソーナー》に感あり。浮上中の物体を補足。一二時方向、距離九五〇〇』

敵潜だ。ほかには絶対に考えられない。緊張感が航海艦橋に満ちていく。

〈残り一〇キロを切っている。ここまで察知できなかったのは秘匿性が高いのか、それとも聴音班の練度が低すぎるのか……〉

おそらく両方だろう。張はそう直感した。

なにせ〈宜興〉はこれが初陣であるし、日帝の海上自衛隊の実力は高い。

浅瀬に埋伏していたが、雷撃のために動きだしたと見なければならん。

「敵潜の動向を注視せよ。海中で停止したなら、こちらを撃つ準備ができた証拠だぞ」

張艦長の対応は、教科書どおりのものであった。しかし、実戦と訓練は違う。彼もまた戦闘航海は初めてであった。

ここで敵潜は、ありとあらゆる事前想定を逸脱する行動に出たのだった。

浮上中に停止せず、勢いを維持したまま、海面に勇姿を出現させたのである。

これは異様な事態だった。潜水艦は海中に身を潜めてこそ、防御と攻撃の調和を見出せる軍艦だ。海上では、能力の一割も発揮できまい。

双眼鏡の視界には奇妙な、そして小さな潜水艦が見えた。船形だが、涙滴型でもなければ葉巻型でもない。直線を主体とし甲板には単装砲塔まで設置されている。どこか懐かしさすら感じさせる形状であった。

やがて戦闘情報指揮所《CIC》から報告が入った。

『映像分析完了。剪影《シルエット》に合致するものは数据庫《データベース》にありません。新型の潜水艦です』

張艦長はすぐさま言った。

「新型ではあるまい。旧型に見えるぞ」

部下たちの失笑が聞こえたときであった。通信長が、大声で報告してきたのだった。

「敵潜から通話要請が入っています。旗艦宛とはなっていますが、傍受はできます」

回線を繋げと命じるや、綺麗な発音の北京語が流れてきた。

《慶良間列島へと接近する中共海軍の総責任者に告げる。貴官は日本の排他的経済水域のみならず、領海にも侵入している。即刻待避を要求する》

旗艦〈九江〉にて指揮を執る周浩《ジヨウハオ》准将が、すぐさま返答した。

『我らは、日帝に虐待されている琉球民族の保護と救難のために立ちあがった。貴様らが子供たちを拉致し、本土へ強制連行したのは、国連で非難決議案が提出されている点で明らかである。

世界的反ファシズム闘争の神兵たる我らの決意は揺るぎない。歴史的事実と国際法理を踏みにじる小日本の野望を打破し、師村総理にはすみやかなる謝罪と賠償を……』

しかし、相手は投げやりを極めた口調で、会話を打ち切ったのだった。

《ああ、そういうのはもういいから》

絶句したのか、周浩准将は返答をしなかった。

相手は嵩《かさ》にかかって言葉を続ける。

《それは真実だろう。あんたたちの脳内ではな。しかし、屁理屈をこねたところで、そっちが領海に殴りこんできた事実は隠せない。

こっちが説得に応じ、武器を捨てるとか本気で思っているとしたらおめでたい連中だ。そのミサイルは飾りじゃないんだろう。さっさと撃ったらどうだ。やらなきゃ、こっちから行くぜ》

『貴様。それは宣戦布告と解釈するぞ！』

《勝手にしやがれ。こっちは宣戦布告なんざする必要はないんだ。なにせ大日本帝国は、中国共産党と交戦中だからだな》

『日帝が復活したとでも言う気か。海上自衛隊のくせに生意気だぞ』

《違うんだよなあ、それが。この〈呂三六潜〉は海上自衛隊に所属していない。大日本帝国海軍に籍を置いているんだ。

ひとつ忠告してやろうか。本艦は、すでに魚雷の発射準備を終えているんだ。こいつは通常のモノじゃねえ》

張艦長は直感した。これは不味《まず》い。

交信は動画サイトで発信されるだろう。こんな安っぽい挑発に乗せられて先に手を出せば、恥を世界に曝してしまう。

旗艦に意見具申すべく、回線を繋げと命令した直後、張は予想外の光景を目にしたのであった。

前甲板に備えられていた全三二セルの垂直発射装置の蓋が開くや、ホット・ラウンチ式の导弾《ミサイル》が飛翔していったのである。

「馬鹿者！　誰が撃てと命じた!?」

艦長として当然の叱責に、副長の王龍飛少校がおずおずとした声で応じた。

『ですが……艦長も聞いたでしょう。日帝は核魚雷を撃つ気ですよ。殺される前に殺さなければ、本艦がやられます』

「最初の一発を撃ったほうが悪党にされるんだ。

ただちに自爆させろ」

『拒否します。まだ死にたくありません……』

王副長の声が響いた刹那だった。空中で落下傘を開き、海面へ緩やかに降りていくYU－8対潜魚雷が、緋色の炎に包まれて四散したのだった。

自爆ではない。撃破されたのだ。

すぐさま〈九江〉の周浩准将が怒鳴る。

『日帝は我々の導弾《ミサイル》を迎撃した。これは歴然たる侵略行為だ。海天衛士艦隊はこれより集団的自衛権を発動する。全艦、攻撃開始。日帝の潜水艦を撃沈せよ』

当事者以外には、まったく理解不能な理屈で、第二次日中戦争は開始されてしまった。

九隻の054A型フリゲート艦からは、次々にYU－8対潜魚雷を乗せた導弾《ミサイル》が飛翔していく。

しかし〈呂三六潜〉を名乗った日本の潜水艦は、すでに波間に消えていた。

機を捉え、潜行したのだ。

彼我距離は八〇〇〇メートル前後である。

魚雷戦に持ちこまれたなら、水上艦は不利だ。その前に撃沈しなければ。

だが、対潜魚雷も万全とは言えない。

帳簿上は三二セルの垂直発射装置《VLS》すべてに導弾《ミサイル》が格納されているはずだが、実際は半分だった。前々から要請していたのだが、出動には間に合わなかった。

噂だが、武器の補充は補給部に賄賂を提供したフネから、順番におこなわれているらしい……。

張艦長は覚悟した。何隻かは犠牲となるフネが現れるだろうと。

＊

長崎県佐世保《させぼ》軍港からもアメリカ軍は撤収しており、跡地は連合自衛隊発足委員会の活動拠点となっていた。

緑の切妻屋根《グリーンゲイブルズ》を持つ旧米軍司令部の建物だが、地下には核シェルターを兼ねた指揮本部が設置されている。

二〇三三年も押し詰まったその日——古賀峰一《こがみねいち》大将は、電子の要塞に陣取っていた。

隣には連絡と監視役を兼ねる油谷刻夏《ゆたにときか》2佐が付き従っている。

壁面には一〇〇インチを超える大型スクリーンがいくつも設置され、慶良間列島のリアルタイム映像が映しだされていた。

画面には九隻のフリゲート艦で構成された中国艦隊に、たった一隻で敢然と立ち向かう〈呂三六潜〉の姿があった。

「これも人工衛星からの中継かね？」

古賀の質問に油谷が応じる。

「それだけではありません。慶良間の島嶼に設けられたレーダーサイトと、一〇〇機以上飛ばしている偵察ドローンからのデータを突合し、補正をかけたものです。我々は、いながらにして最前線と同等の情報を入手できます」

「技術的にはそうかもしれぬ。だが、火薬の香りのせぬ場所を最前線と見做すなど笑止千万。ここからでは、完璧な戦況把握は難しかろう」

その場を仕切る海上幕僚長の都田光成《とだみつなり》海将が、横から口を挟んだ。

「意見は拝聴します。ただ、令和の海上自衛隊は実戦は未経験で、流血にも慣れていません。そもそも最前線の慶良間では、全滅を賭した陣頭指揮が必要となりましょう」

全滅という単語に眉を歪《ゆが》ませる古賀であった。

「では……三隻の潜水艦は捨て駒なのか？」

都田は即座にこう答えた。

「第三四潜水隊を拝借できたのは、本当に助かりました。〈呂三六潜〉〈呂三七潜〉〈呂三八潜〉の三隻は、すでに戦果をあげていますし」

「最初の一発を撃たせたということかな」

「まさにそのとおりです。これで日本は被害者という立場を入手できました。これで殴り返しても、世界中の誰にも文句を言われません」

「噴進弾を撃墜したのはこっちだ。敵の司令官は侵略だと言っていたが」

すかさず油谷が言った。


「中国のＹＵ－８対潜魚雷を撃破したのは、屋嘉比《やかび》島に据えられた無人防空砲台です。

護衛艦に搭載されているＣＩＷＳ《シウス》と同型のものが二基設置されておりました。その射程は一五〇〇メートルと短めですが、効果は抜群だったわけです」

「中共艦隊は噴進弾で飽和攻撃に出るだろうが、全弾撃破可能か？」

「不可能でしょう。二発や三発はともかく、雨あられと撃ってきたならば対応はできません。残念ですが、〈呂三六潜〉は間違いなく撃沈されるかと思われます」

「俺の潜水艦が沈むっていうのに、簡単に言ってくれるものだな」

油谷にそう言ったのは〈呂三六潜〉艦長の岡田《おかだ》英雄《ひでお》少佐であった。

彼もまた、昭和から令和に強制連行された海軍軍人のひとりである。

「初めて艦長を任されたフネが、遠く離れた場所で沈むとは無念だよ」

今度は都田海将が返した。

「胸のうちはお察ししますが、けっして無駄死にではありません。〈呂三六潜〉は勝利の礎《いしずえ》となってくれましょう。仮に沈んだとしても、死者はゼロです。あの潜水艦は無人なのですから」

「なにしろ乗組員六一名を全員退艦させ、學天則《がくてんそく》みたいな木偶《でく》人形に置き換えたんだからな」

明らかに不満げな声で、油谷が岡田に言った。

「どうか人造人間と呼んでいただきたい……」

慶良間列島の西で罠を張っていた〈呂三六潜〉だが、呂号という名が示すとおり、寸法としては中型の部類に入る。

巡潜甲型など伊号潜水艦は、水上排水量二〇〇〇トンを超えているフネも多いが、〈呂三六潜〉は九六〇トンしかない。

全長八〇・五メートルとスリムで、魚雷発射管も四基のみだ。

戦時に急造された呂三五潜型の二番艦であり、速度と凌波性に優れており、実用的な潜水艦だと現場からは高く評価されていた。

今回、被害担当艦となることが自明の理であったため、人間はひとりも乗っていない。

操っていたのは、海上自衛隊が導入を進めている新兵器であった。

サーボ・ハイブリッド・オプティクス・ヒューマノイド・エンドエフェクター・インターフェイス――SHOHEI《シヨーヘイ》という二足歩行マシンだ。

なお岡田艦長が言った學天則とは、昭和三年に西村真琴《にしむらまこと》博士が完成させた東洋最初のロボットである。彼の発言は、正鵠《せいこく》を射ていたわけだ。

ＳＨＯＨＥＩは光栄《こうえい》重機テクノロジー社が開発した身長一五〇センチ、自重七〇キロの人型ロボットである。メタルスキンの頭部とがっちりした胴体、そして長く力強い四肢を持つ。

およそ社会のインフラは人間が使うことを前提に設計されている。軍艦もまた然り。そして逆もまた真であるのなら、人間型のロボットであればどんな軍艦も操れるはずだ。

隊員不足が顕著になりつつあった海上自衛隊が補助役としてのロボットの導入に踏み切ったのは二〇二八年のことであったが、ごく自然な選択であったと評せよう。

各護衛艦に配備されたＳＨＯＨＥＩはたちまちにしてフネの運行に欠かせない存在となり、重宝されるようになった。

基本的に人間の動作はすべて可能で、しかも疲れを知らない。各個体は７Ｇネットワークでリンケージされ、積み重ねた経験値を交換することで実用度をあげていった。

特に乗組員に負担の多い潜水艦では重要視され、機関整備や魚雷発射室の作業など部分的には乗組員に取って代わるまでになっている。

だからこそ〈呂三六潜〉も十全に動かせたのだ。旧帝国海軍の潜水艦に乗りこんだＳＨＯＨＥＩは各一八体だった。岡田艦長とその部下からフネの仔細を伝授されるや、完璧な操艦ができるまでに技倆をあげていた。

第三四潜水隊の三隻は帝国海軍軍人の〝ドン亀乗り〟によって慶良間列島まで廻航され、そこで

ＳＨＯＨＥＩを積みこんだのちに、乗組員は総員退艦した。

　かくして無人遠隔操作を可能とした〈呂三六潜〉〈呂三七潜〉〈呂三八潜〉は浅瀬に着底し、中共艦隊の襲来を待ち受けていたのである……。


「人造人間か。まさしくそうだ。ＳＨＯＨＥＩは新世代の水兵かもしれないな」

　岡田艦長はさらに続けた。

「しかし、戦争は人間がやるもんだろうに。機械仕掛けの人形に頼ってばかりじゃ、いつか絶対につまずくぜ。それにしても挑発のためとはいえ、俺の疑似人格はずいぶんガラが悪かったなあ」

　地下シェルターに、数人の苦笑が漏れた。油谷も笑みを浮かべてから言い返す。

「ＳＨＯＨＥＩの自律ＡＩですが、いちばん多く会話をした少佐の口調から学習したのです。奴らを怒らせるのが目的ですから、あれで満点です」

　肩をすくめた岡田艦長であったが、次の報告に背筋を伸ばし直すことになる。

「呂号潜水艦三隻が、魚雷を発射しましたッ！」

　すかさず油谷が耳打ちした。

「あの三隻ですが、有線魚雷と同等のケーブルで連結され情報伝達を行っています。浮上した〈呂三六潜〉からデータを受け取り、同時発射を実施したわけです」

　それが爪痕を残す行動にすぎないことは、岡田艦長にも理解できたらしい。苦い表情をしたままの彼に凶報が届く。

「敵艦がロケット弾を発射。数は一二発」

　即座に屋嘉比島のＣＩＷＳ《シウス》が射撃をおこない、四発を撃墜したものの、残りは落下傘を展開させ海面に着水した。

すぐ魚雷の航走が始まる。三隻の呂号潜水艦は生き残れないだろう。

令和の自衛隊員はかける言葉を知らなかった。

だが、岡田艦長は快活を装うのだった。

「聞いた話じゃ、俺は次に乗る〈伊一七六潜〉が沈み、靖国に行ったらしいな。それを思えば、無人のフネを失ったくらいで泣くものかよ……」

明らかに涙声であった。

＊

『日帝潜水艦に魚雷発射反応を探知！』

王龍飛少校の金切り声がスピーカーから迸《ほとばし》ったのと同時に、艦橋の体感温度は急降下した。

無理もあるまい。己が標的になったという現実を受け止められる者など希有《けう》だからだ。実戦経験のない軍人であれば尚更《なおさら》である。

海天衛士艦隊の最右翼を固めていた〈宜興〉は、狙われる絶好の位置にいた。己が海の藻屑《もくず》となる運命すら覚悟しつつ、艦長の張建軍上校は超人的努力を駆使し、冷静に命じた。

「自走式誘餌《デコイ》を連続発射。急げ！」

０５４Ａ型には一八連装の七二六－四型デコイ発射機が二基搭載されている。射出された弾体は着水と同時に気泡を発し、敵魚雷の探針を困難にするとの触れこみだったが、海上自衛隊の魚雷は年々進化を続けていると聞く。

こんな代物で、本当に通用するのか？

『敵魚雷に速度、および針路変更の兆候なし！まっすぐ突っこんできます。数は一〇本以上！』

これは妙だ。一隻の潜水艦が、それだけの魚雷を発射できるわけがない。

ほかにも伏兵がいたと考えねば。それに、魚雷が変針しないのも気になる。まるで誘導装置がついていないかのようだ。

そこで張艦長はマイクを取りあげた。

「旗艦〈九江〉に意見具申。あれは無誘導魚雷。大昔の骨董品だ！」

残念ながら一歩遅かった。

艦隊中央に位置する〈九江〉の右舷に、水柱が立ちのぼったのだ……。

正体不明の潜水艦が発射した魚雷は、たしかに通常のモノではなかった。

帝国海軍が潜水艦専用に開発した酸素魚雷――九五式魚雷一型である。速度四九ノットで九〇〇〇メートルを直進できる性能は、第二次大戦当時では世界トップクラスであった。

弾頭には四〇〇キロの炸薬が詰めこまれているだけで、センサー類は皆無である。転舵は不可能で直進しかできない。

一九四三年の世界でも、ドイツはミソサザイというコードネームを持つ音響追尾《ホーミング》魚雷G7esを完成させ、実戦配備していたが、射程も短く速度も二四ノットと遅い。

酸素魚雷は海中の槍として速度を生かし、敵を屠《ほふ》る雷撃戦に特化した兵器であった。

そして二〇三三年の世界では、これが好都合に作用した。

雷撃の管轄を一任されていたSHOHEIによって発射され、大量のデコイを無視してひたすら直進した九五式魚雷は、海天衛士艦隊の旗艦を仕留めたのである……。

現代の軍艦は第二次大戦当時のそれと比較し、防御鋼板はかなり薄く造られている。

重装甲を施しても、核の前には無力だからだ。それよりも早期発見と回避、そしてなにより迎撃が重視されている。

中国海軍でも、この鉄則は生きていた。だからこそ実際に被弾した際には手の打ちようがなかった。右舷中央部にて炸裂した九五式魚雷は一発だけだったが、基準排水量三四〇〇トンと軽巡以下の軍艦を屠るには充分すぎた。

破損口からは大量の海水が流入しはじめたが、食い止める方法はない。

ダメージ・コントロールとはヒューマンパワーに左右されるのだ。

そして０５４Ａ型の乗組員は一九〇名と寡兵であり、しかも被弾と同時に多くの水兵がパニックに陥《おちい》っていた。

艦橋基部に大火災が生じ、連絡は全艦でストップした。司令部も脱出の術《すべ》を失ってしまい、右往左往するばかりだった。

被弾後、二分で船足が完全に止まり、大傾斜が始まった。総員退艦の命令は、とうとう発動されなかった。〈九江〉は転覆し、やがて波間に呑まれていった……。

被害は旗艦一隻にとどまらなかった。その両翼を固めていた〈淮北《ホワイベイ》〉〈淮安《ホワイアン》〉にも魚雷が一発ずつ突き刺さり、ともに大破に至らしめた。

同様の厄災が〈宜興〉に押し寄せることをなかば覚悟した張艦長であったが、戦闘情報指揮所《CIC》からは意外にも吉報が舞いこんだのだった。

『対潜魚雷の爆発を確認！　衝撃音から判断し、

敵潜に命中した公算強し！』

胸を撫でおろす張であった。ＹＵ－８型はやや旧式ながら、そのぶん安定度は確保されている。きっと戦果を稼いでくれたのだ。

命冥加《いのちみようが》な運命に安堵しつつも、先行きには不安が募《つの》った。

金龍《ジンロン》計画の尖兵として、慶良間列島を支配下に置くという任務は継続すべきなのか？

周浩准将は戦死された。誰がやるのだ？　まさか私か？　計画の骨子さえ知らされていないのに、できるはずがないではないか。

生き残りの０５４Ａ型フリゲート艦は、六隻だ。〈宜興〉を除く五隻は、算を乱し、右往左往している。

これではまともな艦隊行動など不可能だ。指揮系統における次席が誰なのかすら、張は知らされていなかった。つまり誰の命令を待てばよいのかわからなかった。

座視は死あるのみだ。そう判断した張艦長は、こう命令したのである。

「転進だ。ひとまず西へ向かい、主力艦隊と合流せよ……」

２　ザ・サイレントサービス
――二〇三三年一二月三一日

一九四五年七月一六日。合衆国ニューメキシコ州アラモゴードにて世界初の原子爆弾が炸裂してから八八年が経過した現在でも、核は大きな負債となって人類の頭上に君臨している。

奇貨《きか》と解釈すべきと主張する者もいた。核があるからこそ、大戦争は起こらない。新たな平和の象徴として崇めるべきだと。

しかし、二〇二〇年代の末に事件が起こった。中東と東欧で戦術核が相次いで使用され、しかも紛争解決に有効に寄与してしまったのである。

人類は悪い意味で、鈍感になってしまった。

核を単なる大型爆弾にすぎないと解釈する輩が権力を持ち、アメリカが世界の警察のポジションを放棄して以降、核投下のハードルは一気に下落した。

この状況で畏怖したのが、日本であった。

唯一の被爆国でなくなったという現実は、軽いものではなかったが、良くも悪くも培《つちか》われてきた核という存在へのアレルギーは強烈であった。

非核三原則を神聖視するあまり、保有はおろかシェアリングを検討することさえ悪という感情論が先行し、自衛隊の核武装は実現しなかった。

だからこそ、時空遡航技術の開発に拍車がかかったわけである。これは、おおいなる皮肉と言わざるをえまい。

核を忌避する日本が、核を超える超兵器を完成させた可能性が高い。中国共産党の若き指導者である趙静蕾《ジャオジンレイ》は、それを認めつつも、武力による脅威の排除を選んだ。

この動きを察知し、また覚悟もしていた日本であったが、ならばこそ真っ先に殲滅せねばならぬ攻撃対象が存在した。

戦略核を搭載した中共海軍の原子力潜水艦だ。

地上配備型弾道ミサイルもたしかに脅威だが、長年にわたる北朝鮮との茶番劇を通じて得られた知見により、探知も迎撃も一定の目途《めど》がつくまでになっていた。

また、ウクライナ戦争での実戦使用から、弾道弾でも通常弾頭なら、被害は許容範囲内に収まることが予期された。

ところが戦略原潜は話が別である。日本は四方を海に囲まれており、相手が神出鬼没する存在とあっては、どこから撃たれるかわからない。

海上自衛隊は、この脅威に対する備えを三〇年以上にわたって継続していた。

そして得られた結論はひとつだ。

開戦と同時に、敵原潜を物理的に排除すること。それに尽きる。

まずは、監視網の構築から始まった。地震探知を名目に張り巡らせた太平洋東北ケーブルセンサーだけでなく、新ＳＯＳＵＳ《ソーサス》と呼ばれる水中固定型ソーナーが、日米共同で運用されている。

在日米軍の大部分はイバーナ・カーズ大統領の命令で撤収したが、彼女の支持率は低迷しており、次の選挙で落選が確実視されていた。そうなれば、ふたたび基地駐留の可能性が高まる。その日に備えて、若干名の作業員は残されている。

そしてアメリカ側から情報が入った。予期した場所に、鉄の巨鯨が姿を現したと……。

現在、中共海軍が保有する核搭載型戦略原潜は、八隻であった。

合衆国海軍が一六隻であるため、ちょうど半分だが、合衆国が対中および対露に戦力を振り分けなければならないのに対し、中国は日米に全力を傾注できる。数字上の不利はないと判断すべきだろう。

八隻のうち六隻はベテランの０９４型、そして二隻は新鋭の０９６型である。

前者は西側で晋《ジン》級と呼称され、一番艦が二〇〇七年に就役していた。一二基の弾道ミサイル発射管を持ち、中には巨浪《ジュラン》二号ことＪＬ－２が搭載されている。

　最大射程は七二〇〇キロと悪くない性能だが、アメリカ本土を痛打するには少し物足りぬ飛翔距離であろう。

　０９４型は、三年から四年に一隻の割で新型を整備してゆき、八隻が完成する予定であったが、より高性能なマシンを欲する海軍首脳部の意見が通り、六隻で打ち切りとなった。

　こうして設計を一新した０９６型の建造が始まった。こちらは唐《タン》級と呼ばれ、やはり八隻の完成が見込まれていたが、予定を大幅に狂わせる事件が発生した。

　中国が債務不履行《デフォルト》に陥ったのである。不動産投資の大失敗で生じた天文学的な赤字により、まず地方政府が瓦解した。

　次に、国庫が空になった。

　それでも民意を完全無視できる政治体制の強みを生かし、数年で市場経済を取り繕《つくろ》えるまでには快復できたが、さすがに国体に歪みが生じた。

　貧困は、餓死者と叛乱分子を大量に産み落とし、治安は麻《あさ》の如く乱れた。

　中南海が外敵を求めたのは自然の流れであったのかもしれない。大地震にかこつけて台湾全土を征服したものの、外貨もインフラも思うようには入手できず、逆に復興費が巨額の負債となった。市井に燻《くすぶ》る反乱の芽を摘むには、さらなる外征が必要だった。

　０９６型は、間違いなくその切り札となるはずの原潜であった。

　予定からは大幅に遅れたものの、二〇三一年に一番艦が、そして二年後に二番艦が完成し、南海艦隊に配属された。

　全長一五〇メートル、水中排水量一万六〇〇〇トンという巨軀に、弾動ミサイル発射管を二四基も搭載している。

　詰めこまれている新型の巨浪《ジュラン》三号――JL－3だが、最大射程は一万二〇〇〇キロ。つまり全米のみならず欧州全土に到達できる。

　この唐級二隻こそが日本にとって最大の脅威であり、最優先破壊目標となった……。

　だからこそ旧帝国海軍の第三四潜水隊の捷報は心地よい福音となって、連合自衛隊発足委員会に届いたのだった
　フリゲート艦三隻撃沈破という戦果もさることながら、最初の一発を相手に撃たせたという既成事実を得たのは大手柄であった。これで実質的なフリーハンドを入手した日本は、集団的自衛権を拡大解釈することにより、敵潜水艦隊撃破の大義名分を獲得したのである。

　それを見越し、連合自衛隊発足委員会は手持ちの潜水艦の過半数を広東《カントン》省の湛江《チャンチアン》軍港と、海南《かいなん》島を包囲する格好で展開させていたのだった。

　中国の戦略原潜は、すべて南海艦隊に配属されている。その多くは南天門《ナンテイエンメン》要塞と呼ばれる海南島の亜龍《ヤーロン》湾を母港とし、沖縄侵攻作戦こと金龍《ジンロン》計画がスタートすると同時に、戦略核パトロールに出撃していった。

　連合自衛隊発足委員会は、その一部始終をキャッチしていたのである。

　新SOSUS《ソーサス》だけでなく、海底に埋伏させていた無人潜水艇《UUV》〝みずぐも〟が威力を発揮した。

全長約一二メートルの小型潜水艇である。以前から極秘裏に投入海域へと運搬され、聴音哨戒に従事していた。

敵潜水艦発見と呼応して海面近くまで浮上し、フロート付きの無線システムで味方へ通達する仕組みであった。

配備数は八〇台を超え、水も洩らさぬ監視網が構築されていた。加えて、活動拠点を南シナ海に設けられた点も大きかった。

海上自衛隊に基地を提供したのはフィリピンである。この国も、中国の海洋進出で看過できない実害を蒙《こうむ》っていた。

かつて存在していたアメリカの基地は撤退してひさしいが、防衛協力強化協定《EDCA》に基づき、有事の際には合衆国の陸海空軍および海兵隊を駐留させる拠点が、九カ所も設けられていた。

連合自衛隊発足委員会はそれに目をつけ、パラワン島のオイスター湾を一時的に租借していたのである。

合衆国が派兵を渋る以上、日本が一部でもその役割を果たそうと。

パラワン島は海南島まで、一三〇〇キロの位置にある。ここに海上自衛隊は、貴重すぎる潜水艦基地を得た。

中国からすれば、目の上の瘤《こぶ》であろう。

開戦時、海上自衛隊はそうりゅう型、たいげい型という通常動力艦としては世界屈指の潜水艦を二八隻保有していた。

そのうち一一隻は、呉ごと昭和一八年に時空転移してしまったため、残りは一七隻だ。

抑止力として期待されていた新世代の戦略潜水艦であるSS－523〈ほうしょう〉も、次元の彼方へと飛ばされてしまった。

　八隻の戦略原潜を退治するのに、これで本当に足りるのか？

　そんな問いかけに、サイレント・サービスは目に見える結果で応えたのだった……。

3　撃鉄の落ちる音

——二〇三四年一月一日

「なんだと！　中央委員会総書記が、湛江空港までお見えになったのか⁉」

　人民解放軍海軍の南海艦隊司令員郭明輝《グオミンフイ》中将は、スキンヘッドに浮かびあがった冷や汗をタオルで拭きながら言った。

　副官として補佐にあたる女性士官の孫霞《スンシャー》少校が、疑念を発した。

「南海艦隊司令部へいらっしゃるのでしょうか。だとすれば目的は……」

「ほかに、どこへ行くというのだ。目的もひとつしかあるまい。督戦《とくせん》に決まっているぞ。ご来訪は光栄なのだが、いまは時期が悪すぎる」

　郭の頭に誘惑が横切った。ここの中央病院には、常に病室を確保してある。雲隠れのため入院するのも一策だ。

　しかし、国家主席趙静蕾《ジャオジンレイ》は潜水艦と同様、神出鬼没であった。専用機で空港に到着したらしく、彼女は間を空けず、南海艦隊司令部に姿を見せた。逃げだす暇などなかった。

「同志国家主席。わざわざのご足労、本当に痛み入ります。我々は趙首席の来訪を心より……」

「見え透いた世辞は結構です。時間の無駄にすぎませんから」

趙は取りつく島も与えずに続けた。

「広東など来たくありませんでしたが、北戴河《ペイダイホー》の別荘だと思うように情報が入らないのです。誰かが意図的に隠蔽しているか、大規模な网络《サイバー》攻撃を受けたかですね。

北京にも出向きましたが、党の重鎮たちが入れ替わり立ち替わりやってくるので、仕事になりません。だから直接来たのです。戦況はどうなっていますか？」

かぎりなく男性風の物言いを極めた調子だった。

丁寧に一礼してから、郭は話した。

「お喜びください。綿密に連絡を取り合っている北海艦隊から吉報が入っております。日帝の潜水艦三隻を撃沈したと。金龍《ジンロン》計画は順調な滑りだしだと判断して間違いございません」

「その代価として、フリゲート艦を三隻も失ったのでしょう。尖兵の海天衛士艦隊は、意気地なく壊走したと聞いていますよ」

「あの部隊は北海艦隊所属で、実戦経験が皆無なことが裏目に出ました。尖兵として我が南海艦隊のフネを投入していたならば、大勝利間違いなしでしたのに」

趙は鋭い眼光を投げかけてきた。

「もしや、貴官はこう言いたいのかしら。海天衛士艦隊が逃走した責任は、投入部隊の選定を誤断した私にあると……」

口は災いの元だと再認識させられた郭は、慇懃な態度を崩さずに続けた。

「滅相《めっそう》もない。すべては最前線部隊の戦意不足が原因でございます。あるいは、破坏《サボタージュ》活动の可能性も考慮すべきかと」

「尖兵に送りだした乗組員の思想調査は完璧でし

たよ。裏切り者などいるはずがありません。ここは日本の潜水艦を褒めるべき場面でしょう」

郭はそこで疑念をぶつけることにした。

「海天衛士艦隊と海上自衛隊の潜水艦との交信は、こちらでも傍受しておりました。

敵潜がおかしなことを話しておりましたな。海上自衛隊ではなく、大日本帝国海軍に籍を置いていると。一種の撹乱《かくらん》戦術かと思いますが、もしや恥知らずな日帝復活宣言なのでしょうか？」

国家主席は明らかに表情を歪めた。

「単なる宣伝《プロパガンダ》だと論評するのは簡単だが、それは驕《おご》った軍人の思想です。わたしの手元に寄せられた情報では、あながち妄言と切って捨てることもできない……」

好奇心が脳裏をひっかいたが、郭は中国共産党における処世術を身につけていた。厄介事に巻きこまれたくなければ、よけいな質問を発するべきではないと。

だが、趙は厄介な問いを舌に乗せたのだった。

「南海艦隊司令員の郭中将に尋ねます。預けた八隻の戦略原子力潜水艦は、健在でしょうね」

痛いところを突かれた。いちばん訊ねられては困る問いかけだった。しかし、沈黙も虚言も許される場面ではない。

「命令に基づき、すべて戦略巡邏《パトロール》任務に出撃しております。南シナ海は平均水深三〇〇メートルと余裕があり、ここから全世界を核の射程に収められます。まさしく、戦略原潜の活動拠点としてはうってつけかと」

「０９４型二隻、０９４A型四隻、そして新鋭の０９６型二隻とは、二四時間態勢で連絡がついているのでしょうね」

逃げ道を失った郭中将は、しかたなく真実の一端を述べることにした。

「いいえ。戦略原潜は秘匿を常としているため、定期交信以外は電波を一切発しません。司令部であっても、四六時中の接触は不可能です」

「ならば、人民解放軍総司令官として命令します。全戦略原潜に連絡を取り、生存確認をしなさい」

「それはいかがなものかと。一時間前に、ここ南天門要塞通信所より定期交信の要請をしたばかりです。過度な発信は隠密性を損なう結果を……」

「返答があったのは何隻ですか？」

数秒間の沈黙のあと、郭は言った。

「一隻もありません」

無表情を極めた趙は、すぐに問い直した。

「それは全滅を意味しているのですか？」

「違いますな。まだ消失と決まったわけではありません。通信関係の故障は稀《まれ》にある現象ですし、あるいは日帝や米帝やらの罔络《サイバー》攻撃を受け、電脳が麻痺しているという指摘もありますぞ。

数時間待てば、結論が出ます。それまで別室でご休憩でもなされては？」

「いまの言い分で貴官に南海艦隊司令員の資格がないことが判明しました。

中央委員会総書記たる私は、いついかなる場合でも、戦略核を発射する権利と義務を有しますが、原潜艦隊に命令できない現状を作りあげたのが、よもや貴官であったとは。

これは絶対に看過できません。もはや、八隻の戦略原潜は全滅したという前提で動く必要が生じました」

「同志国家主席。それは暴論というものですぞ。対日特別軍事行動が開始されてから一日しか経過しておらぬのです。

日帝は混乱しており、反撃はまだまだ先になるはず。一時的な通信障害の可能性も高い状態で、原潜が破壊されたと声高に叫ばれては恥をかきますぞ」

「恥さらしは貴官ですわ。海外の最新報道を見ていないのですか」

「もちろん見ておりません。国法により、厳しく禁止されていますからな」

中国国内では、一部の権力者を除き、諸外国のSNSやネットニュースにはアクセスできない。無知蒙昧《むちもうまい》な人民は敵国の宣伝工作に簡単に騙され、洗脳されてしまうからだ。

郭中将は、その気になれば国外のサイトを閲覧できる権限も獲得できたが、それを自分から放棄していた。

閲覧履歴から、欧米思想の崇拝者と解釈されるのを恐れたのである。

しかし、趙は憤懣《ふんまん》やるかたなしといった表情のままでタブレットを取りだした。それには日米のネット記事を訳した文が羅列されていた。いずれも扇情的な見出しである。

『チャイナボカン再び。戦略原潜に大損害?』

『海上保安庁、南シナ海に放射線汚染を確認』

『中国原潜浮上せず! 潜行でなくて沈没?』

吐き捨てるような声音で郭は言った。

「賢明なる国家主席ともあろう女性が、こんな根も葉もない噂に耳を貸すとは。この事実を知れば、人民解放軍海軍の士気は地に落ちますぞ。もっと部下を信じていただきたい」

　だが、趙は悠揚《ゆうよう》とした態度を崩さなかった。

「信じて痛い目に遭っても、誰も責任をとってはくれない。最悪の可能性すら覚悟して動いたほうが賢明。私はそうして、この地位を獲得したの。だからこそわかった。もう、ここに用はない」

　絶句してしまった郭中将に背を向けた趙静蕾は、スマホを取りだして電話をかけた。

　相手は、北京市海淀《ハイディエン》区の一角に位置する中国人民解放軍火箭《ロケット》軍の司令部であった……。

4　鎮守府防空戦闘

——二〇三四年一月一日

《……開戦翌日、それも元旦に日本本土へのミサイル攻撃を強行したのは中国人民解放軍ロケット軍である。

　かつて第二砲兵部隊と呼称されていたが、二〇一六年より陸海空軍に次ぐ第四の軍となり、それから一七年で総勢一五万人を超えるまでに勢力を拡張した。

　この数字は陸上自衛隊の全兵力よりも多いのだ。中共がどれだけ注力しているかわかるだろう。

　その司令部は北京市海淀区中関《ジョングアン》村に開設されていた。ここは〝中国のシリコンバレー〟と呼ばれており、官民問わず情報技術関連の研究機関が集中している。

　南海艦隊を唐突に訪れ、話にならないと悟った趙静蕾は、すぐにロケット軍司令員黄雷軍《ホアンレイジュン》上将に一報を入れた。

　子飼いの将軍だった黄は即座に命令に従い、戦場に定められた沖縄とは関係ない場所にミサイルを放ったのだった。

発射した飛翔体の弾頭が核であったのか、それとも通常弾であったのかは、現在に到るも不明のままである。

やる気になれば初手から飽和攻撃も充分可能であったが、趙はその道を選ばなかった。

つまり威嚇が主たる目的であった。ならば搭載されていたのは通常兵器だったに違いない。そう推定する現代史家も多い。

だが、本当にそうだろうか？　常に速戦即決で力による現状変更を是とする趙が、脅しのような悠長な真似など望むだろうか？

標的に選定されたのは横須賀、佐世保、舞鶴である。いずれも、海上自衛隊が基地を配置する港湾都市だ。

そして発射されたミサイルは東風《ドンフォン》二一型ことＤＦ－21である。三〇〇キロトンの核弾頭も搭載できる準中距離弾道弾だ。

日本を襲ったのは九発。各都市に三発ずつ発射されたことになる。

攻撃命令が下されたのは山東省萊蕪《ライウー》基地に展開する第六五三旅団であった。

元来は〝空母キラー〟の異名を誇る対艦ミサイルのＤＦ－21Ｄ型が主力であったが、近年は日本に近いという地理的利点が重要視され、対地用のＡ型も追加配備されていた。

どちらを撃ったかは、現在もなお不明のままだ。Ｄ型か？　それともＡ型か？

沖縄侵攻を成就させるにあたり、邪魔な自衛艦隊を排除するため、空母キラーのＤ型が使われたと考えるのが自然かもしれない。

だが、三発ずつとは少なすぎる。護衛艦を一気に屠るために、核弾頭搭載のＡ型が発射されたと考えても不思議ではあるまい。

また注目すべきなのは、呉を攻撃目標から外していた事実であろう。

趙静蕾は現実を受け入れていたのだ。時空遡航という禁断の技術を、日本が保有していることを。四大鎮守府の雄を見逃したのは、戦勝後にそれを奪う気であったに違いあるまい。

ただ、彼女の野望は、連合艦隊という想定外すぎる援軍の前に潰《つい》え去ったわけだが……》

都田光成海将のプライベート回顧録「中共軍は刻の涙を見たか?」より抜粋

＊

『艦長。〈むさし〉より入電……いえ、データが届きました。山東省の噴進弾基地に、発射反応を確認。飛翔体は東進中!』

戦艦〈大和〉の航海艦橋に置かれたスマートフォンから流れてきた一報に、艦長の大野《おおの》竹二《たけじ》少将は軽く頷いた。

「やはり来たか。元旦から戦争とは忙《せわ》しない連中だが、付き合うしかあるまい。全艦戦闘配置」

それが意味の薄い指示だとは大野にも理解できていた。戦場となる空間は遙か彼方であり、ここからでは視認さえできない。

それでも〈大和〉は戦船《いくさぶね》である。乗組員の士気を維持するためにも、戦闘配置は必須だった。

次に大野はスマホを取りあげて、

「松井《まつい》技術少佐。〈むさし〉艦長と話がしたい。できるか?」

と言った。通信室に篭もる松井宗明《むねあき》は、それに即座に応じた。

『もちろんです。ネット回線を繫ぎますので、少しだけお待ちください』

情報端末とは便利なものだ。素直に大野は感心していた。与えられたスマホだが、これを使って真珠湾攻撃やミッドウェー海戦をやり直せたら、どんなによいだろう。

すでに〈大和〉艦内には、LAN環境が整備されていた。当初はWIFIによる無線化が図られていたが、鋼鉄の塊の中ではやはり途切れがちだった。

そこで伝声管を活用し、ひとまず有線LANが構築された。艦橋や機関室といった末端にはWIFIルーターをセットし、部屋ごとに強い電波を飛ばしている。

一〇秒と経たないうちに、松井とは別の声が、スマホから流れてきた。

『峯雲《みねぐも》です。いよいよ始まりますな』

やまと型イージス護衛艦の二番艦である〈むさし〉艦長の峯雲芳人《よしと》1佐だった。

四九歳と大野と同年齢であり、出撃直前の打ち合わせで一廉《ひとかど》の軍人――海上自衛官だとわかっていたため、共同作戦にも不安はない。

「悪い予感が的中したのは残念です。ならば最悪の予感も当たると考えなければ。中共匪が撃ってきた噴進弾の弾頭ですが、原子爆弾であるとの大前提で動くべきです」

そう言うや、大野は左舷後方に視線を向けた。そこには海上自衛隊のイージス艦では最大最強のフネが同航している。

DDG－189〈むさし〉――全長二〇九メートル、基準排水量二万二〇〇〇トン。ロシア海軍のキーロフ型ミサイル巡洋艦が廃艦処分となって以降、空母以外の水上艦艇では世界最大の巨艦であった。

陸上配備型ミサイル防衛システム――いわゆるイージス・アショア構想が、大人の事情で御破算《ごはさん》となり、紆余曲折の末に完成したのが〈ふそう〉と〈やましろ〉の二隻であり、やまと型の〈むさし〉はその後継と位置づけられるフネであった。

レクチャーを受けていた大野は、それが強力な艨艟《もうどう》である事実を認識しつつも、抱いた違和感を拭いきれずにいた。

電探《レーダー》に映らないようにするためとはいえ、のっぺりとしたシルエットはおよそ軍艦らしくない。乗組員も、たったの一八八名と聞いた。重巡の五分の一の水兵で、本当に戦えるのか？

昭和の〈大和〉が令和の〈むさし〉の指揮下で戦うという現実すら、にわかには受け入れがたい。たとえそれが、最善の道であったとしても、である。

峯雲艦長の返事が、スマホから聞こえてきた。

『そうですな。一発でも撃ち漏らしがあり、それが核弾頭であれば、戦争は瞬時にして終わります。迎撃ミサイルのＳＭ－３ブロックⅡＡは貴重品ですが、出し惜しみする場面ではありません。

迎撃は二段構えで実施します。〈大和〉が嚆矢《こうし》を放ち、万一の際には〈むさし〉が続きます』

「当方に異存はありませんが、できれば撃たれる前に敵基地を破壊したかったですな」

『海上自衛隊は苦労の末に先制攻撃能力も獲得しておりますが、沖縄に上陸する前に本土が襲われるのは計算外でした。趙静蕾が大胆と無謀の間を綱渡りする独裁者であることを、もっと認識すべきでした』

「それもあるが……日本も原爆で武装していれば、容易には侵略を受けなかったのでは？」

愚問なのは大野にもわかっていた。だが、言わずにはいられなかった。峯雲1佐は静かに言葉を選んで言い返す。

『肯定も否定もしません。ただし、我らが核武装できなかったのは、大日本帝国が無条件降伏したからです。それだけはお忘れなきように』

過去における未経験の結果責任を押しつけられた大野だが、憤懣たる思いはなかった。

逆に、雪辱の機会を得られた運命に感謝さえしていた。

時代こそ異なるとはいえ、日本国を守る軍人であり続けられるのは幸運だと。

「同じ失策を重ねてしまうほど腐ってはいない。望みとあらば戦果で証明しよう」

『期待しております。なお、発射のタイミングは打ち合わせどおり、本艦に一任されたい……』

了承の意を伝えて通話を切るや、松井宗明技術少佐の声がふたたび聞こえてきた。

『艦長。一部始終聞いておりました。発射権限を〈むさし〉に譲渡したのはいささか無念ですが、しかたありませんな』

彼は、帝国海軍における射撃管制電探《レーダー》の第一人者である。昭和一八年六月まで〈大和〉通信長を務め、横須賀工廠通信実験部に転属したが、その後も定期的に艦隊を訪れては二号一型および二号二型といった電探の運用調整を続けていた。

トラック島で実施予定だった大規模な合同砲撃試験に参加すべく、出向してきたところ、今回の時空転移に巻きこまれていたのだった。

『令和の技師に聞いた話では、本艦は垂直発射装置を据えた際、同時にＣＥＣ――共同交戦能力を付与されたとのことです。

　要するに〈むさし〉が引き鉄をひけば、自動的に本艦から噴進弾が発射される仕組みです。やることがありませんよ』

「統制砲撃戦と思え。二隻の艦の主砲をひとりの砲手が集中管制する戦術だ。本来なら〈大和〉と〈武蔵〉で実施するはずだったが、妙な巡り合わせだな」

『天命だと思い、甘受するしかなさそうですね。おっと……〈むさし〉から通達。即応態勢に入れとの指示です』

　大野艦長は全艦放送のマイクを摑んだ。

「総員に達する。本艦はこれより対空戦闘を開始する。目標は内地へ飛来する敵噴進弾だ。後甲板の機銃員は、ただちに艦内に待避せよ」

　次に使い慣れたスマホを操作し、後檣楼《こうしょうろう》に据えた定点観測カメラの映像に切り替える。すると画面には、後甲板の様子が現れた。

　第三砲塔はきれいさっぱり撤去され、跡地には垂直発射装置《ＶＬＳ》Mk41Ｊが環状にセットされている。同様のものが水上機格納庫にも据えられ、総数は一二八セルだ。そのうち半数がＳＭ－３ブロックⅡＡ、残りがトマホークで占められていた。

『こちら松井。〈むさし〉より続報。敵噴進弾は九発。三波に分かれて日本本土へ殺到中。到達地は横須賀、佐世保、舞鶴と思われる！』

　数が多いのか少ないのか大野には判断がつかなかったが、全弾迎撃を実現しないかぎり、鎮守府に地獄が現出するのは確実だった。

「艦長として射撃を許可する。準備できしだい、鏑矢《かぶらや》を放て！」

その刹那であった。垂直発射装置の鋼鉄の蓋が六つ開き、そこから火箭が飛びだしてきた。

ＳＭ－３ブロックⅡＡ――全長六・五五メートルの円筒形の兵器は〈むさし〉からの指令に従い、七秒という間隔を確保して中空へと連続的に飛翔していく。

閃光は凄まじかったが、射出音はそれほどでもなかった。四六センチ砲の斉射に比べれば、どうということはない。

大野は率直にそう思ったが、同時に別次元の迫力も感じていた。虚空を垂直に駆けていく噴進弾は、文字どおりの破魔矢《はまや》だ。これなら怨敵を討ち滅ぼせるだろう。

時刻は午前七時三〇分。

初日の出の光で彩られている横須賀沖において、戦艦〈大和〉は自己の存在意義を高らかに喧伝《けんでん》したのである……。

日本が三〇年以上にわたって模索し、完成の域にまで肉薄させていたＭＤ――洋上ミサイル防衛構想は、帝国海軍の戦艦という異世界より現れた神兵の加勢を得て、ここに花開いた。

飛来した東風《ドンフォン》二一型は高度四〇〇キロまで図体を持ちあげ、マッハ六まで加速して攻撃目標へと突進する腹積もりであったが、それをＳＭ－３ブロックⅡＡは大気圏外で破壊したのだ。

ピストルの弾をピストルの弾で撃ち落とすようなものとまで揶揄《やゆ》されたミッドコース迎撃だが、完璧な成功を収めた。

これは目標の選定と追尾を実施した各イージス艦のガイド能力に依存する点が大きい。

北朝鮮の度重なるミサイル演習で場数を踏んでいただけのことはあり、初動段階から捕捉に成功していたのが大きかった。

戦艦〈大和〉は六発のＳＭ－３ブロックⅡＡを発射したが三発で任務は完了した。照準と追尾は神技のレベルに達しており、一撃必殺で東風二一型を綺麗に平らげたのだ。残り三発は自爆させて終わりだった。

戦艦〈大和〉が〈むさし〉の指揮下にて迎撃を実施したのと同時に、舞鶴では〈長門〉〈金剛〉がＤＤＧ－１８０〈はぐろ〉に、また佐世保は〈扶桑〉〈榛名〉がＤＤＧ－１８４〈やましろ〉に導かれ、防空戦に従事した。

こちらも狙撃に成功し、趙静蕾の野望は完全に潰え去った。同時に、連合自衛隊発足委員会は貴重すぎる権益を獲得したのである。

これで中国本土の基地を直接空爆したとしても、国際世論を敵にまわすことはない。対中作戦における戦略の幅は、一気に広がった。

かくして昭和の〈大和〉は、令和の日本《やまと》を救うべく、大空へ凱歌を奏《そう》したのである……。

エピローグ　時空監察軍

1 傲慢なる観測者

時間も空間も超越した仄暗《ほのぐら》い光と闇の狭間に、数体のシルエットが現れた。

頭部と胴体と四肢を持ちながら、絶対に人間ではなかった。総身は琥珀に光り、のっぺりとした風貌である。頭髪もなく、唇もない。眼窩らしきものはあるが、眼球は備わっていなかった。また性差もない。

手を繋ぎ、輪になった面妖な存在は言語に頼らないコミュニケートを開始した。それを無理やり活字にすれば、以下のようにあるだろう。

「日本人は頑張っている様子だ。助力してやった甲斐があるというもの」

「時空遡航の技術を提供したのは正解だったぞ。我らもまだまだ楽しめるな」

「二〇三四年一月の戦況は？　ミサイルを迎撃したところまでは確認したが」

「沖縄に向けて機動部隊が進軍中だ。台湾を占領した中共陸軍も出師準備に入った」

「戦略原潜は討ち取られたが、攻撃型原潜は？」

「空母〈福建《フージエン》〉の露払いに動いている。すぐに海上自衛隊の潜水艦と激突する。これも見物だ」

人ならぬ異形たちは時空監察軍を自称する集団に属していた。

俗な言い方をすれば〝タイム・パトロール〟になるだろうが、彼らがその職責を放棄してすでに悠久の時間が流れていた。

　生も死も超越し、また懲戒する上位存在すらも消え失せていた。遵法意識など雲散霧消した。

　いや、彼らが法そのものになった。暇という無敵の理由を振りかざし、娯楽として戦争を楽しみ、過去の干渉にも積極的に手を染めた。

　多元宇宙における歴史の改竄者——それが現在の正確な立ち位置であった。

「ところで一九四四年における戦況は？」

「そちらも面白くなりそうな案配だ。連合軍はトラック諸島の力攻めを止めようとしない。最高のスペクタクルが見物できそうだよ。無理して派遣したが、彼奴《やつ》はずいぶん頑張っている様子だ」

「今回の偽名は水谷と油谷だったかね。これだけ楽しませてくれたのだ。昇級も考えてやらねば」

「しかし、やりすぎの感もある。日本は不倶戴天の敵ではないか。敵に塩を送りすぎだ。ここまで強大になっては、やり込めるのに苦労するぞ」

「そう言うなよ。いつもいつも歯ごたえがなくてつまらないではないか。どの時間軸でも日本民族は滅亡の途をたどる。せめて一太刀でも振るい、有終の美を飾ってもらいたい」

「まさに。どう足掻こうとも我々神人《しんじん》に勝利することなど不可能なのだから……」

　模造された神としての立場を噛みしめる時空監察軍の面々だが、天罰が与えられる瞬間が刻々と近づいている事実を、誰も把握していなかった。

　彼らの頭に鉄槌が振り下ろされようとしている。その凶器には日の丸が描かれていた……。


（下巻に続く）

VICTORY NOVELS ヴィクトリー ノベルス

時空改変戦艦「大和」【上】
イージス艦出撃！ 米艦隊撃破

2024年12月25日　初版発行

著　者　　吉田親司
発行人　　杉原葉子
発行所　　株式会社 電波社
〒154-0002　東京都世田谷区下馬 6-15-4
TEL. 03-3418-4620
FAX. 03-3421-7170
https://www.rc-tech.co.jp/
振替　　00130-8-76758

印刷・製本　中央精版印刷株式会社

ISBN978-4-86490-280-9　C0293